劏房大狀
紫砂 著
HAPPY CAT
COMMON LAW

劏房大狀
作者／紫砂
策劃編輯／賴百樂
協力編輯／卓希雪
美術設計／葉智聰
插圖／孫威軍
出版發行／突破出版社
香港沙田亞公角山路 33 號突破青年村
電話：2632 0000　傳真：2632 0388
電郵：breakthrough@breakthrough.org.hk
網址：http://www.breakthrough.org.hk
http://www.btproduct.com
承印／海洋印務
2023 年 7 月初版 1 刷
2025 年 1 月初版 2 刷

Barrister of Ripped Room
by Zisha
First Printing, First Edition, July 2023
Second Printing, First Edition, January 2025

Printed in Hong Kong
ISBN 978-988-8562-89-3

誠邀閣下就突破出版社的書籍發表意見

歡迎加入突破出版社 Facebook page — http://www.facebook.com/btbooks.page

本書採用環保油墨印刷

成長文學

目錄

章

序一　見證你在彩虹之起端

草川
著名資深現代詩人

我想，作家和藝術家的想像力，是可以和物理學家相提並論的，因為後者，特別是愛因斯坦大爺，他說：藝術家生存得如此風采，是靠了想像力，我想不到沒有作家的想像力，我們憑什麼活下去。

一直以來，大名卓著的作家不必枯守一種的創作方式，莎士比亞就是一例，其次是托爾斯泰，和近代的威廉田納西，都是多面手的作家，尤其是後者，他的城市小品，寫得潑辣驚人，比海明威更多驚人之作。

紫砂的第一輪作品《一瞬煙火》，柔情如嫩火，年輕人對靜世裏面的濃情深愛，尤過於中年人的貼身迷戀，不容易呀，走遍漫漫的長街窄巷，胸臆藏情如淺淺的海灣，雖則灘只十潯，但處處都是年輕人的癡情。

寫情描愛的作品，第一最難處，便是文字技巧，若一示弱，便流於點點敗筆和肉麻。

這方面，紫砂勝在是強筆如椽，溫柔百摺，抒情如漆墨的瞳孔，繞樑千日不覺天明夕到，說她是現今港上文路思維的高手高高手，並不太過譽。

她第二輯作品《劏房大狀》轉了一個方向，專寫城市小品，以過去拚殺的冷眼經驗，笑對晨起的小景小城，人事風情跳脫如不常不斷的四季，風霧未必枉站中宵，短街固有溫情小品。

紫砂做得到，她的筆力和敏銳如劍的觸覺，正是如此，也不憚如此冷暖，露從今夜不是白。

有些作家，只是流連在湖邊，偶然筆記一二，寫寫浪漫鴛鴦。但我所知的紫砂，豪情志邁，是可以把整個平湖豎在家窗，要寫什麼便可隨意。

序二　在劏房裏與初衷重遇

胡燕青
著名作家

紫砂的第二本中篇小說《劏房大狀》相當好看，讓人手不釋卷地追讀，何能如此？有幾個原因。第一，她節奏快、文字好，因為不耽待、不文青、不扮高檔，故步履從容、活潑自如。這種駕馭文字的能力和自信是年輕作家少有的。第二，她很知道情節的腕力。腕腕相握，乃成故事，血脈相連地生出一種連結，再長出葉、開出花，成為有機的文體。第三，作品擁抱一種俠義助人的精神，幾個主角都認知到「民生無小事」，身體力行地有錢出錢、有力出力、有念頭出念頭，種種付出建構成一個充滿幹勁而又貼地可行的小世界。

故事裏，有錢公子須要付出極大的努力，在主角的鞭策之下才成為事務律師。可惜他在證明自己的能力以後尚未找到使用這種能力的最佳場合，力都用在錯處，為小人服務，每日的辛勞換來錯配的假喜樂：名車、好酒、放浪的日子都無法帶來真正的滿足。縱然已經成了律師，他只不過由一個沒有什麼成就的富二代成為有點看頭的成功人士。他賺的錢從來都是殘破織錦上加添的多餘俗艷的殘花。

另一方面，在社會階梯努力上行而且爬到高位的主角大狀莫卓元，卻甘願離開使他心碎的夢想世界，回到劏房仄逼的現實裏。每個人都有自己的痛苦。學業優秀，事業有成不是幸福的保證。離婚，在所謂發達社會並不罕見。紫砂也不願意多花筆墨去解釋什麼。她只是讓主角說出了重點：離婚不只是沒有了妻子（或愛情），更嚴重的是沒有了可靠的家，失去了支援你奮鬥的大後方。人在江湖，爭戰一生，沒有補給，沒有最基本的憂戚與共、商商量量，才是婚姻破裂的最大痛苦。如果不幸雙方成了仇敵，彼此傾軋，就更是屋漏偏逢連夜雨了。此刻，人其實難以自拔，要超越這種痛苦，也許需要從天而降的助力。有時，上帝會在這種可怕的時刻用另一些人不一樣的痛苦來醫治我們。祂說我們雖不暢快，仍可伸出手助人——反正你已痛得閒着。這第三點，正是本書最大的理趣。

劏房是一個象徵。它是香港人熟悉的小空間，五臟俱全地「接通」着世界，也拒絕着人間。它本身也是一個有機體，具有不可思議的生命力。佇在太古城的莫大狀，太古以來都以為穩定的婚姻家庭和經濟就是一切喜樂的源頭，可惜這也是從太古以來就有了的誤會。夫妻的社會意識和處世之道若不相同，就得痛苦地遷就對方，最後失去真正的自己。至此，兩人大多淡而無味地各自發展，有些更會吵架、離婚收場。

如今，經歷離異苦況的大狀竟意外地租了一個劏房。他本來可以離開。但是，這個小立方的內部恰巧也是他的童年、他對人生初始的認識，或說，他熟悉的生態。為了躲避失婚的痛苦，他選擇留在這子宮一樣的小房間。換一個隱喻，這劏房也是他的心臟。他在痛苦中保住了這最珍貴的東西。把門關上，就沒有人認識他是大狀，一個社會精英，一個失魂男人。他回歸一個無名普通男人甚至男孩子的身分。身邊再沒有奉承，只有街坊謙卑的求助；自己沒有身價，只有對人好的心腸；沒有名銜，只有認讀英文的能力。他回到了自己唸法律時的青蔥歲月和雄心壯志。他的初衷是以法助人，如今，他不知道，這初衷將要重生，且要主導他的生命。漸漸，如獲至寶的他，嘗到了堅持正義帶來的喜悅。

他助人的本性得到了充分發揮。如有天恩，他要錢的時候有錢，因為錢的主人曾經得他支援；他要助手的時候有助手，因為助手欣賞他的良善。一切的幫助來自之前的人對他人的幫助，只是角色一直改換變化。紫砂嘗試把他的幸運合理化，而且成功了。

這個中篇小說說明紫砂對受苦的人感同身受，走到這一步，她尚未滿意，更同時發出邀請——邀請那些有能力伸出援手的人前來看看基層的百姓，看看他們如何天天面對的勞苦和欺壓，看看劏房所象徵的時空局限和貧乏資源。她甚至告訴窮奢極侈的上層社會其實他們也有充分的良善和溫柔，而且樂於助人；只要建立管道，他們就可以為成千上萬的人紓困解憂。但如何造出這輸血救人的途徑呢？這不容易，卻非不能。整個小說，是舉例，也是鼓勵——鼓勵富有、能幹的人。只要有人肯主動走進一個劏房，親自體會草根之苦，在那兒好好地活一段時間，就必明白。於此，劏房也成了走向眾生掙扎求存這現實的一種門道。

或說，中產階級的善良在於勇敢回到本已脫離的基層環境，把水深火熱裏的人拉出來，至少把他們拉到小康的安全島上。在社會階梯上爬升固然需要勇氣，回頭，更不可怯懦。真正活潑的社會，是指已往上升騰的人不忘本，主動回頭指出這升軌的起步點。這就是小說的題旨了。

很高興看到紫砂如此努力地追求作品的深度。人物設定的心思，脫離「浪漫」的成熟，就物質生活對讀者的提醒，無不使人感到她心靈裏對別人的祝福。有點幻想，正是創作的動力，也可能是社會的亮點和燃料。說不定某個讀者給啟發了，付諸行動，成為社會上的一顆星。今日文壇，充斥着假文藝頹廢氛圍，色情氾濫，可謂污煙瘴氣。紫砂的小說無疑是一股清流，為我們尋回人類本該擁有的良善情懷和感恩的心。

悉尼，二〇二三年五月

序三　人生，是場百變大戲

席輝
小說《忽然天亮》作者

曾經有人說過，「小說家就是一部百科全書。」

當你在讀《劏房大狀》時，腦中自會浮現出這一說法：作者談到三教九流、吃喝享樂、民生百態⋯⋯當中也有不少專業知識。讀完小說，讀者獲得的將不僅僅只是一個故事而已——這個，也正是「小說」與「故事」的區別之一。

我拜讀過紫砂的第一本小說集《一瞬煙火》，八個故事：少男少女懵懂的初戀、愛而不得的憂傷、相濡以沫的深情⋯⋯青澀、酸甜，讀來令人感懷，心甘情願跟隨主角們「遊走當年」。

而這次的《劏房大狀》，某程度上很像上一本小說的延續。當年涉世不深的青少年們，轉眼成為迷失中年。這一時期，他們的際遇，會和青少年時代有何不同？

小說由莫大狀離婚案開始。初讀，略感平淡——這類故事實在不少，可再延續下去，整個舞台佈局大變——莫大狀一覺醒來不知身在何處，接下來，更在他身上接二連三地發生了一系列離奇事件……

紫砂還很年輕，但是，她對人生的體悟和對寫作技巧的掌控，絲毫不遜色於同輩作家，也正在突破中。正如她的兩本小說集——前一個關注點側重個人情感；後者，已經開始走進普羅大眾。

序四　豈有此狀

莫華勳大律師
皇仁舊生會中學有限公司主席

成語「豈有此理」通常用來形容「哪有如此道理」，通常應用在一些沒有可能、甚至荒謬的事情上，放在標題這裏，大家可以理解為「怎可能有如此大狀」？

大律師通常給人一種嚴肅莊重的感覺，與人相處既專業又加一分冷漠；在法庭上雄辯滔滔；客戶還要通過事務律師才能與大狀開會。對一般人而言，大律師絕不入世，反而有點高不可攀，又豈能住在劏房、到地下商場「拮魚蛋」？

事實上大律師也是人，也有七情六慾、喜怒哀樂，既能感受成功的喜悅，亦要承受失敗的痛苦。讓主角莫卓元從天堂掉入地獄的一切起點就是離婚，他被前妻分了一半身家，更覺萬念俱灰。結果在一次與「死黨」梁公子酒局之後，不慎坐車打了個盹去了太安樓，從此開始了他的劏房之旅。

接下來就是讓紫砂用她細膩的文字說故事。從搬進劏房開始，一步一步地將各種人物連結起來。把看來是不可能的，漸漸變成可能，甚至可信。人物的出場、故事的推演，緊湊得不像愛情故事，而是接近偵探小說。

而小說不同於紀實故事，可以十分誇張：梁律師的奢華、莫大狀在雨中抱狗、霍社工怒斥貪婪鼠輩……在紫砂筆下活靈活現，就好像我們生活中目睹的各種熟悉的現象。而在熟食市場梁律師與夥計對話的一幕，簡直是階級衝突的經典。

在層層的笑料與情感交織下，不難看出作者另有更深沉的意思。社會中沒有基層就不會有上層，上層不理解基層就會產生矛盾，矛盾不及時處理便可能引發更多不幸。

主角就是一個遊走於上層與基層之間的角色，盡力尋求平衡，通過近乎戲劇性的手段達致少許公義，最後回歸平淡。

因此，題目應要改一改，不是「豈有此狀」而是「喜有此狀」。同儕中如果真的有莫卓元這類人物，必定要和他相約於西灣河熟食市場，一同浮一大白。

這是我第二次為紫砂寫序，期望《劏房大狀》會出續集，因為這個社會需要更多良善的吶喊。

二〇二三年五月

自序　迷失與突破

紫砂

自處女作《一瞬煙火》出版後，各界迴響熱烈，更一度登上香港誠品暢銷榜（青少年類別）的冠軍。無論是出版社、諸位文友、還是學生們，都紛紛關注：「下一本書會寫什麼？」

正常來說，既然第一本以「情」為主題的作品頗受歡迎，那第二本、第三本……第n本也該按照這方程式無限自我複製，直至讀者看膩了覺得厭倦為止。

但，誠如我在《一瞬煙火》的自序裏所述，我是一個反叛的人，是一個壞學生的好榜樣，那我當然不可能按照牌理出牌。

過去一年，我嘗試過創作好幾類不同類型的作品，有科幻、少年熱血、奇情、純愛……可是一直沒有寫出滿意的作品，曾讓我感到非常迷失；直到我在假期時看了《正義迴廊》和《毒舌大狀》兩套電影後，繆斯女神陡地把一道旱天雷直擊我的天靈蓋——《劏房大狀》就這樣誕生了。

《劏房大狀》有愛情線但絕對不是愛情小說，主角莫卓元大律師是「家事法」的專家，而「家事法」主要牽涉的範疇有兩方面：「婚姻」和「遺產」——也就是「愛情」和「生死」。

兩個人結婚後，法律所能保障的只有婚姻，卻保障不了愛情；一個人透過遺囑能留下的只有資產，卻留不下死者的心意和情感；法律只能限制我們的行為，卻永遠無法控制我們的心。

《劏房大狀》，顧名思義，是寫基層的劏房裏住進了一個尊貴的大律師，兩個看似無法兼容的存在，注定了這是一部突破框框的作品；即使身為校園及兒童文學作家的師傅曾對這次的故事表達了是否適合青少年的憂慮，我也奮勇衝破常理的桎梏，突破自我，抵達創新的彼岸。

我們每一個人或許都曾經迷失過，但只要不放棄尋找出路，總會有找到突破口的一天。

我能，你也可以。

PS：

謝謝草川大哥、關則輝教授在我創作途中給予的鼓勵和支持；

謝謝胡燕青教授悉心的指導，點出我寫作上的不足，讓我獲益良多；

特別鳴謝莫華勳大律師，為《劏房大狀》這個故事提供了非常珍貴的法律資料，無言感激。

序章

失婚大狀

為什麼要結婚呢？

為什麼要習慣兩個人的生活呢？

為什麼要接納一個陌生人進入自己的心呢？

莫卓元步履蹣跚地走出灣仔政府大樓，手中緊緊揑着一張薄薄的紙，魂不守舍地走過大樓外的正方形金屬牌，牌上寫着「灣仔法院 M1/F - 12/F」。

卓元剛剛正是去了 M1 樓層的「家事法庭」，拿到了這份讓他傷心欲絕的文件。

絕對離婚令。

妻子——嚴格來說是「前妻」——向他提出離婚時的那一幕彷彿還歷歷在目：「卓元，你明不明白一個女人到底需要什麼？沒錯，你拚命工作賺了很多很多的錢，可是你唯一能給我的也只有錢了；但在我需要你的陪伴時，你卻一直不在我的身邊，我好孤單，這不是我想要的婚姻，你懂嗎？」

然後，孤單的前妻就拿着卓元買給她的眾多名牌手袋、珠寶首飾、高級時裝、五隻名種貓，以及八位數字的贍養費，離婚了。

有五隻可愛漂亮的名種貓和八位數字的贍養費相伴，相信此刻的她應該不再感到孤單。

卓元不懂，他辛辛苦苦在外打拚，賺進大把大把的鈔票，自己幾乎沒怎麼享用過就全給了家中的妻子，這難道不是愛的表現嗎？為什麼她還是不滿足？為什麼她還要跟自己離婚？

到底他做錯了什麼？

茫然若失的卓元渾渾噩噩地回到了太古城的家，家中已絲毫沒有前女主人的痕跡；卓元隨手把「絕對離婚令」丟在客廳茶几上，然後走進臥室，連西裝也未脫就和衣往雙人牀上一躺，盯着雪白的天花板一直發呆。

不知過了多久，他猶如下了某種決心似的從牀上坐了起來，赫然發現儘管現在這張偌大的雙人牀只剩下一個主人了，自己卻仍是習慣性地躺在牀的左邊。

卓元苦笑，右邊的溫度永遠都不會回來了。他起了牀，默默在這個冷冰冰的房子裏來回踱步，嘗試尋找一些殘存的餘溫。

牆上那曾經掛着結婚照片的位置，如今只剩下一個暗黃色的印記；衣櫥倒是空了大半，多出來的空間足以讓卓元整個人躲進去；盥洗室裏只掛着一條洗臉的毛巾、一枝牙刷、一把電動刮鬍刀。

卓元站在盥洗室的鏡子前，看着鏡中那張陌生的臉。曾經意氣風發、雙眼炯炯有神的自己，如今卻掛着一雙憔悴的黑眼圈；即使不苟言笑，眼角還是會浮現出不惑之年的魚尾紋；年輕時那張溫潤儒雅的臉龐竟在不知不覺間變得棱角分明，帶着滄桑而疲憊的神色。

他看着鏡中的自己露出苦笑——為什麼要結婚呢？為什麼要習慣兩個人的生活呢？為什麼要接納一個陌生人進入自己的心呢？……空蕩蕩的房子彷彿在嘲笑他的愚蠢，因為，擁有過再失去一切，比起從來沒有擁有過，更痛。

猶記得即使他苦苦哀求，前妻卻連一隻貓都不願意留下給他；曾經溫馨熱鬧的家，現在不過是冷冰冰的三室一廳。

卓元無法忍受這種空虛感，於是他奪門而出，走到街上隨手攔了輛計程車，向着中環方向絕塵而去。

「梁氏律師行」位於中環近半山的某幢商業大廈頂樓，金碧輝煌的門口掛着一塊用酸枝木製成的牌匾，上面用金漆寫着「梁氏律師行 Leung & Co. Solicitors」。

莫卓元推門而進，接待處兩位年輕漂亮的接待員甫看到卓元那高大的身影便瞬即露出親切的笑容：「莫大狀，好久不見，你是來找梁律師的嗎？」

「對，他在辦公室嗎？」

「梁律師正在會議室跟客戶開會，請問莫大狀想在休息室等他，還是……」

「我去休息室等他吧，給我一杯熱咖啡，老樣子，要糖不要奶。」

兩位女生幾乎同時微笑着點點頭，其中一位立刻轉身領着卓元走進律師行。當他們剛想進休息室時，會議室的門卻突然「砰」一聲被打開，一個穿着皺巴巴襯衣的男人狼狽不堪地逃出會議室，並努力地避開那些正向着他飛過來的雜物。

「既然你不相信我，那好啊！我們來驗DNA吧！如果驗出是你的親兒子，你就給我滾出這個家！如果不是，那就換我滾！」一把歇斯底里的高亢女聲從會議室的深處傳出來，不分敵我地炮轟着律師行裏每個人的耳膜。

狼狽男不甘示弱地吼了回去：「你這瘋婆子做了什麼你心知肚明！如果梓峰真是我的親生兒子，那你怎麼解釋這份遺囑！」

女聲發出尖叫：「我怎麼知道！要不你到地獄走一趟找他問問？」

這時一個相貌俊朗、西裝筆挺的男生走出會議室，輕輕拍了拍狼狽男人的背部，示意他先回會議室才繼續「討論」。

莫卓元與西裝男交會了個眼神，西裝男無奈地搖了搖頭，露出一個不着痕跡的苦笑。

半小時後，當卓元在喝他第二杯黑咖啡時，西裝男走進休息室：「臭小子，你知不知道我差點要出懸賞金找你？我好幾次路經你的 chamber 想找你喝酒，他們卻說你還在放假！老天，你這假放多久了？怕有半年了吧？」

卓元放下手中的咖啡杯，嘴角微微勾起一個苦澀的弧度：「十一個月，最近家事法庭有太多離婚申請了，所以平常半年就處理好的東西，被他們硬生生拖了十一個月。」

西裝男聳聳肩：「結婚三個月，離婚拖三年，我以為這對律師來說是常識，尤其是像你這樣專精『家事法』的大、律、師！」

「梁公子，不是每個人都像你那樣含着金鎖匙出生，能無憂無慮地當個玩世不恭的花花公子的。」

他們邊說邊走進梁公子的辦公室，辦公室的大門上貼着閃閃發亮的燙金字：「梁迪偉律師 David D. W. Leung, Founding Partner」。

梁公子的辦公室非常寬敞，辦公室的左邊擺了一整套棕色真皮沙發和小茶几；右邊則放着黃花梨木製的書桌和淺棕色的真皮辦公椅；卓元走到落地玻璃窗前眺望窗外，遠處勉強能看到維多利亞港的一角。

梁公子歎了口氣：「這已經是唯一能看到海的房間了，誰叫我爸買了這塊爛地皮來建商廈？」

卓元睥睨着梁公子：「至少你不用交租，所以能隨心所欲地挑自己喜歡的 case 來接！」

梁公子指着桌面那個厚厚的文件夾：「對啊！我最喜歡接離婚案件了，每次當我看到曾經山盟海誓的兩人在律師面前撕破臉互相攻擊指責時，那些醜陋的嘴臉都彷彿在深切地提醒着我千萬不要結婚，否則就會落得和你一樣的下場！」

卓元的神情一下子黯淡了下來：「我是真心愛她的。」

梁公子有點尷尬地抓了抓頭髮，嘗試岔開話題：「對了，剛剛你有看到會議室的那一幕吧？這真是我接過最離奇的 case ！」

卓元揚了揚眉：「不就是丈夫懷疑妻子不貞，孩子不是自己親生的嗎？」

「不不不，事情沒這麼簡單。」梁公子伸出右手食指晃了一晃，「其實剛剛那對夫妻並不是我的當事人，而是我當事人遺產繼承人的監護人。」

「遺產？監護人？」卓元偏着頭回想剛才的爭吵，「是丈夫懷疑兒子不是親生的，所以質疑他的繼承權嗎？」

「非也，我的當事人跟他們沒有血緣關係。事情是這樣的，我的當事人前年確診了末期癌症後，由於他沒有任何直系親屬，所以他特意來找我立了一張遺囑，內容是把自己所有的財產分成兩份，其中七成是捐給某間提供癌症服務的慈善機構，而餘下三成則全部給予那位妻子的大兒子，重點是，那對夫婦有兩個兒子。」

「為什麼？因為他是大兒子的教父還是……」

「不不不，」梁公子露出了一抹邪魅的笑容，「那位妻子是我當事人的初戀女朋友，當初正正是那位丈夫橫刀奪愛，那位妻子才會跟我當事人分手的；聽說分手後不到兩個月，那位妻子就跟現任丈夫結婚了，還是奉子成婚……」

卓元恍然大悟：「所以這是最後的報復？透過把財產只贈予大兒子，來挑撥這家庭各個成員之間的關係？」

「Bingo！當時我還勸那位當事人放下心中的怨恨，但他說『如果兩人真心相愛，彼此有着絕對的信任，那麼無論我做什麼也無法動搖他們之間的關係的』，可是結果你也看到了……」

「遺囑是生者留在世上最後的話語，他竟然連嚥下最後一口氣的時候也不放過前女友，那恨意該得有多深啊？」

梁公子饒有深意的看着卓元：「是啊，畢竟相愛一場，即使分手，心中也不要有恨，對吧？」

卓元一時語塞，於是別過頭看着窗外夕陽：「我是來找你 happy hour 的，蘭桂坊？」

「我有個朋友最近在蘇豪區開了間酒吧，我們去捧個場吧！」梁公子從褲袋裏掏出一個印着銀色雙翼和一個「B」字的遙控器在卓元眼前晃了晃：「最近買的新玩具，要試試看嗎？」

一輛橙金色的賓利 Continental GT 4.0 V8在交通燈前停下，瞬間吸引了道旁不少女士的目光。

兩個本來在露天酒吧喝着酒的女生大着膽子走上前，敲了敲車子左邊的玻璃窗。

車窗降下，卓元一臉冷淡地問：「兩位小姐，請問有何貴幹？」

卓元聳聳肩：「不好意思，這車不是我的，你們問車主吧。」

其中一個把頭髮染成棕紅色的女生笑着問：「好漂亮的車啊！能載我們去兜兜風嗎？」

兩個女生瞬即把熾熱的視線投向坐在駕駛座上的梁公子。

梁公子斜着眼睛瞄了她們一眼，嬉皮笑臉地回答：「這車當然漂亮，可是小姐姐們，你們不夠漂亮啊！」

語畢，交通燈剛好轉為綠色，在兩位女生還未及反應過來之際，梁公子已毫不猶豫地直踏油門，絕塵而去。

卓元看着倒後鏡中氣得直跺腳的兩人：「會不會太過分了？」

「更過分的還多着呢！」梁公子大笑。

果不其然，當他們在酒吧喝着 single malt whisky —— 由於梁公子曾在英國留學，所以他只喜歡喝蘇格蘭的單一麥芽威士忌而不喜歡喝日本或台灣的威士忌 —— 的時候，一個打扮得非常性感豔麗的女子上前搭訕：「剛剛聽到酒吧老闆喊你『梁律師』，請問你是律師嗎？」

梁公子微笑頷首：「是又怎樣？」

女子立即坐到梁公子身旁，嬌嗔道：「那太好了！我剛好有些問題想向律師請教，你能不能幫幫我？」

梁公子故意指着莫卓元，一臉頑皮地說：「我不過是一個小小的事務律師，對面這位可是堂堂大律師啊！」

那女子聞言瞬即把視線投向卓元：「嘩！你是大律師嗎？好厲害！那你能不能幫忙解答我的疑問？」

卓元兩手一攤：「小姐，非常抱歉。根據規定，大律師不能直接接觸客戶，所以如果你需要找大律師進行諮詢，首先得找一個事務律師與我接洽，例如我身邊這位梁律師……」

梁公子適時地補充：「——當然，你得同時負擔兩位律師的費用，我的收費是每小時五千元，莫大狀則是每小時一萬元，銀行轉賬信用卡付款皆可，沒問題吧？」

女子聞言臉色一變，立刻灰溜溜逃命似的走了。

這時梁公子望向莫卓元：「看，天涯何處無芳草？我倆隨便出來逛逛便有一堆女生上前搭訕，何苦要綁死在一棵樹上呢？」

卓元喝了一口威士忌，苦笑着說：「但她們看上的只是你的車、你的職業、甚至是你的錢，卻不是真正喜歡你這個人呢！」

「可是我的車、我的職業、我的錢，都是我這個人的一部分，不是嗎？」

卓元頓了一頓，然後點點頭：「或許吧。」

酒過三巡後，梁公子收到母親的電話，催促他快點回家吃飯，於是他叫了代駕司機來開他的賓利，上車前他回首看了卓元一眼：「真的不用送你回家？」

卓元擺擺手：「你家在半山，我家在太古城，不順路，我坐計程車就好。」

梁公子的賓利從卓元的視線中消失後，卓元忽發奇想，決定坐電車回家。

晚上八九點的電車人不算多，卓元輕而易舉地在電車上層找到座位坐下，他看着窗外紛繁的街道，一時陷入了沉思。

上一次坐電車應該是在香港大學唸法律的時候吧？算起來差不多二十年前的事了，那一夜他乘電車送初戀女友回家，豈料她在下車後跟他說，兩人家境相差太多，繼續下去也不會有結果，不如分手吧……從那晚起，卓元便再也沒有坐過電車，直到今天。

卓元出身寒微，父母在他唸中學時先後病逝，寄人籬下的他憑着刻苦學習靠實力考進香港大學法律學院，乍聽之下是一個相當勵志的故事，可是在當時的初戀女朋友眼中，他只不過是一個無財無勢的窮小子而已。

於是卓元拚命工作，不斷進修，終於成為了香港頂尖的家事法大律師之一，賺進了數之不盡的鈔票，但這次他心愛的女人卻用「你唯一能給我的只有錢」這理由離開他，真是多麼的諷刺！

由始至終，卓元不過是想要一個家而已，一個屬於自己的家，能感受到愛和溫暖的家，為什麼命運卻要一而再、再而三的捉弄他呢？

想着想着，萬般愁緒壓在心頭，微晃的電車加上酒精影響，卓元不知不覺的閉上了眼睛……

當卓元驚醒過來時，電車早已過了太古城，他連忙在最近的站下車。下車後抬頭一看，一幢灰濛濛看起來有點破舊的大廈屹立在他面前。

那是在半個世紀前興建，有「私人廉租屋」之稱的單幢式住宅——太安樓。

第一章——劏房

「你是鼎鼎大名的莫卓元大律師，你屬於法庭和大律師事務所，而不是太安樓的劏房！」

「有分別嗎？幫助一個有需要的老人家申請購買電動輪椅的錢，跟幫助一個帶着孩子離婚的母親向前夫爭取最多的贍養費，分別在哪兒？」

太安樓樓高二十八層，地下是屋苑商場。這個地下商場的設計非常獨特，除了數個出入口外沒有其他採光方法，整個商場內一扇窗戶都沒有；商場內唯二的光源只有從天花板上吊下來的一盞盞慘白殘舊的泛光燈，以及各家商鋪自身的燈火；加上樓底較矮，即使在白天也會給人一種幽暗的感覺——儘管如此，它仍是附近居民最常逛的熱門商場。

無他，因為太安樓的地下商場幾乎囊括了整個區的平民美食和廉宜生活雜貨，尤其是平民美食，從主食的海南雞飯、牛雜粉、車仔麪；到美味小吃如沙嗲魚蛋、生煎包、手抓餅、雞蛋皺皮腸粉；還有甜食如雞蛋仔、格仔餅、傳統的曲奇底蛋撻、鬆厚班戟、台式雪花冰、芋圓、仙草、豆花等等等等……應有盡有，美食林立，甚至被譽為「港版士林夜市」。

當胃裏除了花生堅果和威士忌外一無所有的卓元站在太安樓地下商場的出入口時，正是商場每晚最熱鬧的時間，各種各樣食物的香氣混雜在一起，直撲在卓元的臉上。

「咕咕……」肚子溫馨地提醒主人該是時候大吃一頓了。

卓元深深吸了一口食物的香氣，然後一邊單手解開束縛着脖子的領帶，一邊昂然地踏進人聲鼎沸的太安樓中。

「我要魚蛋、牛丸、魷魚、麪筋齋，各一串，要沙嗲汁，謝謝。」

「來一碗牛雜粉，多加腩汁，謝謝。」

「要一個手抓餅，餡料要芝士火腿煙肉……」

過去前妻總是嫌棄這些街頭小吃既骯髒又不夠檔次，不但自己從來不吃，更不允許卓元買來吃，於是愛妻心切的卓元只能花大錢陪前妻周旋於文華東方酒店與四季酒店之間，吃着貴十倍的海南雞飯與牛腩麪，卻怎麼也吃不出小時候那熟悉的滋味……

當卓元一邊吃着久違的手抓餅一邊抬頭研究着要哪種口味的雞蛋仔時，背後傳來一個女生的驚呼聲：「天啊！現在太安樓連劏房的租金也要五千多，也太貴了吧！」

一把男聲搭腔：「但這兒寫着『家電齊全』，那我們能省下買家具和電器的錢啊！」

「嗯……可是五千多元租金的劏房還是太貴了，我們還是再到別處看看吧！」

一對情侶模樣的年輕男女在地產代理公司的櫥窗前討論了一番後，像是達成某種共識似的，手牽着手一起離去。

卓元瞄了那雙恩愛的背影一眼，心中有點不是滋味，然後他側身望向地產代理公司的櫥窗，很快便找到剛才那對情侶在討論的租盤。

「全區最平！激罕套房！家電齊全！即租即住！」

是酒精的驅使還是空虛的鞭策？一想到太古城那個空蕩蕩的家，卓元神差鬼使地推開了地產代理公司的玻璃門……

翌日好不容易醒過來時，卓元只覺頭痛欲裂。他緊閉雙眼，右手揉着太陽穴，左手下意識地摸向牀頭——因為他有把止痛藥和水放在牀頭的習慣——然而從指尖傳來的，卻是全然陌生的觸感！

卓元心頭一驚，猛地從牀上跳了起來，發現自己正身處一個完全陌生的空間，連昨夜躺了一晚的牀，都不是自己熟悉的七尺 king size 雙人牀！

儘管事情大大出乎卓元意料，但他還是很快便冷靜了下來，開始打量着這個陌生的房間，並嘗試從殘餘記憶的碎片中拼湊出事實之全部。

雖然卓元這輩子從來沒有進過任何一間「劏房」，但他一眼就能判別出自己身處的空間，正正就是傳說中的「劏房」。

整個房間是一個很工整的正方形，大小約八十平方尺，木造的大門在卓元的右前方；左前方則是一個用玻璃間隔而成的淋浴間，裏面有廁所、盥洗盆和電熱水器，還有一扇狹窄的窗；正前方則是一個小型流理台，流理台的左邊是水槽，右邊的台面上放置了一個小型的電磁爐，上方則是抽油煙機及廚櫃；流理台旁邊還放了一個單門冰箱，冰箱上還放了一個電飯鍋，簡直是善用空間的極致了。

卓元別過頭打量着昨晚睡的那張牀，三尺半乘六尺半的牀天衣無縫地緊貼在窗戶下方；牀尾旁邊放着一張小型的黑色電腦桌和一張圓形摺疊椅，電腦桌上還放着一台迷你電視機；卓元走近電腦桌，發現電視機前堆滿了空的啤酒鋁罐和食物紙袋，看來正是昨晚的「戰績」。

喝了差不多一打啤酒，怪不得今早起牀會頭痛啊……

正當卓元感慨自己青春不再，不再像年輕時那麼能喝的時候，電話適時響起打斷了他的沉思。卓元從上衣口袋裏掏出智能電話，看到屏幕上那個陌生的電話號碼，心中估量着大概是哪位事務律師被轉介過來找他，於是清清喉嚨後便接聽了。

「喂？請問是莫先生嗎？」一把低沉的男聲問。

「我是。」

「莫生你好！我是地產代理陳生呀！業主今早過來簽好租約了，請問你什麼時候方便來店子簽名呢？」

卓元拿着電話靜了半晌。

「喂？喂喂？莫生你還在嗎？」

他在，但他需要一點時間去消化這龐大的資訊量。

地產代理？租約？簽名？

「莫生？」

「……嗯，好的，我今天稍後時間來簽名可以嗎？」

「沒問題！晚上十點前我都在！」

掛線後，卓元輕歎一聲，雙手在臉頰兩旁拍打了幾下後，便走向淋浴間，卻發現裏面不但沒有牙刷牙膏、洗臉毛巾、刮鬍刀這些基本梳洗用品，甚至連一卷衞生紙都沒有，這對於習慣每天起牀後便要上洗手間的卓元來說無異是一個噩耗！

卓元只好拿着錢包衝出房間，發現房門外是一道短而窄的走廊，走廊盡處是另一道鋁製的大門。在關上房門之前，卓元像是忽然記起什麼似的，摸了摸西裝褲子的口袋，然後把手伸進褲袋裏掏出了一串陌生的鎖匙，每把鎖匙上還貼心地用了一張非常小的便利貼註明用途：「鐵閘」、「B房」和「郵箱」。

「B房」？卓元抬頭環顧四周，發現他左右兩邊各有一扇門，兩扇門上分別標記了「A」和「C」——這大概是真正意義上的「鄰居」了……卓元走出大門後，回首默默記下了門牌號碼。

太安樓的走廊在慘白泛光燈的映照下顯得有點陰森，幸好升降機大堂就在房間附近，卓元火速乘升降機到地下商場內的超級市場購買最基本的生活用品。

一小時後，梳洗完畢的卓元出現在地產代理公司前，眼力極佳的陳生馬上滿臉堆笑趨前歡迎：「莫生你好！請坐請坐！」

不消多久卓元便知道陳生笑容滿面的原因了。

「這個九樓的B房啊，先前的租客在欠租半年後突然就消失不見了！業主向我大發雷霆説這次一定要找個可靠的租客！難得莫生這麼大方，昨晚一口氣繳清了一年租金和兩個月押金，業主覺得非常放心！來，這是一式兩份的租約，只要在這兒跟這兒簽名便可！」

卓元拿着租約回到自己的房間後，坐在牀沿陷入了沉思。

儘管租下這個劏房是出於酒醉的意外，但既然米已成炊，那就好好善用一番吧！

首先是把牀褥、枕頭和一切牀上用品換成新的；然後是添置各種日常用品和清潔用品；接着把迷你電視機送給街邊收買二手電器的人，再從太古城家裏拿來一台手提電腦放在原本電視機的位置上；並算好了空間位置，特意去買一台大小剛好能塞在電腦桌下的打印機；至於電腦桌上的架子則放滿了從家裏帶來的，和法律無關的書籍；對了，卓元還多買了一張方型的摺疊桌子和多添了一張有靠背的摺疊椅——這房間本來便已「麻雀雖小，五臟俱全」，因此卓元只花了不到半個月時間便已把它「改造」完成，成為了他專屬的「書房」。

這半個月以來梁公子找過卓元好幾遍，想把手頭上幾宗很有賺頭的離婚爭產案介紹給他，但卓元直接叫梁公子把案件全部轉介給他的徒弟，氣得梁公子在電話裏破口大罵：

「你離婚的時候又沒有財產糾紛，明明在我律師行隨便找個見習的事務律師幫你處理就好，偏偏你堂堂大律師硬要自己跑去填文件交表格！現在你婚也離了，假也放了，難得本公子介紹這麼好賺的生意給你，你竟然給我轉介？你這大律師還打不打算當？要是不當的話跟我說一聲，我去文華東方酒店包個宴會廳賀你榮休！」

卓元沒有理會梁公子的咆哮，默默掛上了電話，繼續看他的但丁《神曲》。

沒錯，莫卓元大律師是處理「家事法」訴訟的佼佼者，他經手過數之不盡的離婚案件，但每一次官司完結時，不論結果如何，他從雙方客戶臉上看到的都只有濃濃的恨意。

為什麼曾經相愛到願意許下「一生一世」承諾的兩人，最終會走到「相看兩厭」，甚至「不共戴天」的地步呢？

事實上，法律能保障的只有「婚姻」，世上還未有任何一種法律能保護「愛情」，所以當愛情消逝後，婚姻裏剩下的情感是不是就只有日積月累的憎惡和怨恨？

或許正是前妻提出離婚時，投向卓元的那個厭惡眼神刺激了他的神經，自問一直對妻子和家庭都盡心盡責的卓元無法理解這份厭惡的由來，於是想透過親力親為處理離婚事宜去尋找自己婚姻失敗的原因。

自己到底做錯了什麼？為什麼她突然就不愛了？

在尋找到那個答案之前，卓元覺得一切都沒有意義。

平淡的生活日復一日地過了個多月，卓元已經由但丁的三部《神曲》看到阿嘉莎・克莉絲蒂的《無人生還》，然後又職業病發作看了 A. P. Herbert 的 *Uncommon Law*……

卓元以為自己會一直困在這個小小的劏房中不斷看書，直至他尋找到心中問題的答案；可是他怎樣也猜不到，某一天他在升降機大堂遇上的一對老夫婦，竟然打破了他平靜的生活。

那天卓元剛好吃完午飯乘升降機回到九樓，卻發現有一對老夫婦正愁眉深鎖的拿着一封信，滿臉迷惑地站在九樓升降機大堂的正中央。

「阿芳，你唸書多，識字，快來看看這封信在寫什麼！」

「基哥，這封是英文信，我不懂英文啊！……但上面好像寫着你和我的英文名字，對！我認得這是我倆的名字！其他的我就看不懂了……下次偉國回來再叫他幫忙看信吧？」

「那個敗家子！每次回來都只會問我拿錢！我寧可把信丟掉都不想求他！」

眼看老公公大發脾氣，老婆婆拿着信滿臉無助，卓元遲疑地放慢了腳步；這時老婆婆像是突然發現卓元的存在，她連忙走到卓元身旁，輕聲問：「這位先生，看你一身西裝，應該懂英文吧？請問你能不能幫婆婆看一下這封信在說什麼？」

卓元沒有接過信，緩緩地說：「老婆婆，我也很想幫你，但信上可能有關乎你們個人私隱的資料，你把信隨便交給一個陌生人看是非常危險的，你明白嗎？」

老婆婆堅持：「不要緊的，我們也沒幾個錢可以讓人騙，而且我們在申請長者生活津貼，我怕這封信就是關於那個津貼的，請你行行好心，幫幫老人家好嗎？」

卓元猶豫了一下，但既然老婆婆都說到這份上了，於是他接過了信開始閱讀。

「怎？信上寫了些什麼？」這時老公公也來到卓元身旁，不耐煩地催促着。

「這封信是由財務公司發出的，信上說你們幫一個叫『周偉國』的人的借貸作了擔保，而現在由於『周偉國』逾期未還款，因此請兩位代為償還『周偉國』所欠下的貸款……合共港幣三十萬元。」

卓元翻譯完畢後，老婆婆的臉瞬間變得煞白，一邊掩臉一邊嚎哭：「天啊！我們哪來的三十萬啊？」

而老公則憤怒得滿臉通紅，甚至因為太生氣所以連說話都開始有點結巴：「這……這是假的！……騙、騙案！絕對是騙案！……我們從來沒有……沒有為那個敗家子當過……當過什麼見鬼的擔保人！」

卓元聞言眉頭一皺：「你們沒幫他當過擔保人？」

「沒有！」

「這個『周偉國』是你們的兒子對吧？最近他有拿過什麼文件來給你們簽名嗎？」

老婆婆含淚點了點頭：「就是幫我們申請那個長者生活津貼啊！我們都不會填文件，所以偉國就叫我們把身分證交給他代辦了，可是，這跟欠款有什麼關係呢？」

此時卓元對於發生什麼事已是心中有數，面對着驚惶又無助的老夫婦，他腦袋快速地運轉着好幾個有可能解決這件事的方案，最終他掏出了電話打給梁公子：「David，有件事想找你幫忙。」

當卓元把整件事的來龍去脈告訴梁公子後，梁公子在電話的另一端裏大喊：「莫卓元！你怎麼正事不幹偏去管閒事，還把我也拖下水了！」

「你就當我見義勇為吧。」

「去你的見義勇為！我只相信錢！這對老夫婦付得起錢嗎？」

「你賬單開港幣一百元就好。」

隔着電話也感覺到梁公子暴跳如雷：「你這臭小子現在準備改行當 Mother Teresa？還是那對老夫婦是你失散多年的親生父母？我……」

「夠了。」卓元打斷了梁公子的話，「還記得當年一起在 HKU Law 唸書的時候，連最簡單的 Contract Law（合約法）也可以考個 F 的你，最後是怎樣考進 PCLL（法學專業證書）的？是誰一直幫你補習、陪你溫書、幫你改功課？當時可不見你說我是 Mother

Teresa 啊？」

梁公子靜默了半晌，然後抛下一句：「把信拍照發來給我，餘下的交給我處理。」就掛線了。

掛線後，卓元向老夫婦說：「我剛剛找了一位律師處理這件事，但他需要我把這封信拍照發給他看，請問兩位同意嗎？」

只見兩位老人家一臉震驚，老婆婆擔憂地問：「律師？不是收費很高的嗎？我、我們沒錢……」

「沒關係，他是我的好朋友，只會象徵式的收取一百元，別擔心。」

老公公聞言大喜：「啊，那太好了，你就拍吧，隨便拍。」

卓元立刻把信拍了照發給梁公子，梁公子幾秒後回覆了三個字：「處理中。」

這時除了等待已經沒有什麼可以做的事情了，卓元從胸前口袋裏拿出一枝墨水筆，在信的後方寫下了自己的姓氏和電話號碼，再把信還給老婆婆：「這是我的電話號碼，有需要時可以找我。」

老婆婆連聲道謝，卓元微笑着擺擺手便走回他的劏房之中。

梁公子辦事一向很有效率，三天後他來電跟卓元說：「搞定了。」

「這麼快？」

「我估計會用這種狡詐手段陷害老人家的財務公司，很大概率不會是什麼正經公司。於是我派見習律師到財務公司要求出示貸款協議、保證文書及放債人結算書，結果除了一張沒有償還條款的『借據』和一份全英文但內容寫得亂七八糟的『保證書』外，就什麼都沒有了。」

「可是對方也不會這麼輕易就屈服吧？」

「答對了！可是聰明的我早已吩咐見習律師留意貸款協議裏的利息計算方法，結果不出我所料，那間黑店不但收取複利息，而且實際年利率高達百分之六十！」

根據香港法例第一百六十三章的《放債人條例》，任何放債人訂立的貸款協議如直接或間接規定收取複利息，即屬「非法協議」；而任何人以超過年息百分之四十八的實際利率貸出款項或要約貸出款項，即屬犯罪，違者一經循公訴程序定罪，可處罰款港幣五百萬元及監禁十年。

「那羣人聽到見習律師說要監禁十年後嚇得臉都綠了，立刻把『借據』和『保證書』放進碎紙機當場銷毀了！」梁公子言談間充滿笑意，「對了，你快點去跟那兩位老人家說這好消息吧！還有，那一百元的賬單是寄給你還是寄給他們？」

「寄給我吧。」卓元頓了一頓，由衷地說：「David，謝謝你。」

「要報答我的話，今晚陪我不醉無歸。」

「好，今晚蘭桂坊見。」

得知事情解決後，卓元立即按照信上的地址來到老夫婦的單位前按門鈴。

「誰呀？」老婆婆一邊開門一邊問，早幾天才剛收到財務公司追討欠債的信，現在竟然還沒搞清楚來者何人便打開大門，應該說這兩位老人家缺心眼，還是該稱讚他們單純得簡直一點「防人之心」都沒有？

卓元暗地裏歎了口氣，然後向老婆婆露出笑容：「是我，事情解決了，所以我來跟你們說明一下，現在方便嗎？」

單位裏瞬即傳出老公公的聲音：「方便！方便！莫生請進來，坐下慢慢說！」

卓元跟在老婆婆身後進了屋，發現兩人住的不是劏房，而是一個完整的單位；不過單位內四處都堆滿了雜物，實際能活動的空間不會比卓元的劏房好多少；進屋後卓元坐在飯桌旁的椅子上，老婆婆立刻為他奉上一杯熱茶。

「周先生、周老太，剛剛收到律師發來的消息，經查證後，發現先前信內提到那筆借貸涉嫌是非法協議及相關條款涉嫌觸犯法例，因此財務公司已把貸款的借據和保證書當場銷毀，所以你們無需再擔心要還款了。」

在老公公還未反應過來時，老婆婆便已開腔：「那真是太好了！莫先生，你要吃餅乾嗎？」

老婆婆邊說邊把一鐵罐的梳打餅遞給卓元。

卓元客氣地擺擺手：「不用了，謝謝。」

老婆婆又遞上了另一個鐵罐：「那要吃蛋卷嗎？」

「也不用了，謝謝。」

「如果連借據都被銷毀了，這麼說連偉國那個敗家子都不用還錢嗎？」老公公問。

「理論上是這樣，但這種黑店背後總有自己的辦法不依正途地把錢收回來。經律師一鬧，我猜他們無論如何應該都不敢對你們兩位動什麼手腳，可是借款人周偉國先生呢，那就難說了……」

「那怎麼辦？莫先生你能幫幫偉國嗎？」老婆婆一邊把一大包柿餅放到卓元面前，一邊用炯炯的期待目光望向他。

卓元微微一笑：「我真的不餓，謝謝。」

老公公冷哼了一聲：「哼！幫什麼？如果那敗家子還不出錢，跑來問我要，我絕對一毛錢都不會給他！」

「關於這點，我還有一個建議，如果哪天周偉國先生想來這屋子避風頭，請別一時心軟窩藏他，否則只會招來不速之客，屆時那可不是律師能解決的問題了。」卓元語重心長地留下忠告後，就起身準備離開。

這時老婆婆從廚房裏拿了一大紮黑壓壓的菜乾出來遞給卓元：「這個是從鄉下拿回來

的，香港買不到！把它用來煮粥、熬湯都很美味，你拿回家吃吧！」

老公和應：「對啊！拿點回家去吃吧！」

卓元對於老婆婆一直把不同的食物硬塞給他感到啼笑皆非，雖然他心中明白這是老人家表達謝意的方式，但是他這次之所以會拔刀相助純屬路見不平，他從來沒想過要兩位老人家感激自己，因此還是微笑着搖搖頭拒絕了。

老婆婆一直不依不饒的陪卓元走到大門，只見卓元真的沒打算拿走菜乾，她抬起頭望着卓元，誠懇地説：「莫先生，謝謝你幫我們處理欠債的事情，不然我們都不知道該怎麼辦才好……」

卓元笑了笑：「舉手之勞，何足掛齒。反而兩位要萬事小心，如果之後還有什麼問題都可以臨時致電給我。」

回到自己的劏房後，卓元長長地吁了口氣，周老太最後那個誠懇真摯的眼神稍稍觸動了他。畢竟平常處理離婚訴訟時，不論勝敗，雙方都會對結果感到不滿繼而遷怒給律師，所以卓元已經很久沒聽過一句發自肺腑的感謝了。

幫助他人的感覺還真不錯——卓元躺在牀上想着想着，逐漸進入了夢鄉……

當時卓元怎麼也想不到，這件看似微不足道的小事，竟然開啟了「太安樓的傳說」，甚至改變了他的人生。

「太安樓的傳說」，大概就是從「周老夫婦事件」解決完畢的幾天後，周老太領着另一位顫巍巍的老婆婆按下了B房門鈴那刻開始初見端倪。

正在看書的卓元放下手中的*The War of the Roses*，從B房步出打開鐵閘大門，看着門外另一位陌生的老婆婆，有點不明就裏地問：「周老太，你怎麼知道我住這兒……？」

「莫生，在太安樓住的大多都是老街坊了，誰家來了新臉孔瞞不了人的。」周老太臉帶笑意地揚了揚手中的保溫壺，「我用菜乾煲了湯給你呢！青紅蘿蔔瘦肉煲菜乾，消熱潤肺，菜乾還是從鄉下拿回來的，香港買不到……」

「謝謝，謝謝。」事已至此，卓元只好連忙接過周老太手中的保溫壺，然後視線落在她身旁那位陌生的老婆婆上：「這位是……？」

「她是我的金蘭姊妹，阿英。莫生，不瞞你說，阿英她也收到一封英文信……」

卓元心明眼亮，立刻打開了B房的大門，向着兩位老婆婆做了個手勢：「明白了，請進來坐下再慢慢說吧。」

原來阿英婆婆收到的是銀行更新條款的信件，卻不知為何只寄來了英文版本，卓元花了十多分鐘向阿英婆婆解釋完畢後，還多花了十分鐘幫她草擬了一封給銀行的信，要求銀行以後都必須向阿英婆婆提供中文版本的信件。

阿英婆婆拿着信千恩萬謝的離開B房，周老太臨走前還不忘提醒：「記得喝湯！青紅蘿蔔瘦肉煲菜乾，消熱潤肺，菜乾還是……」

「放心放心，一定喝！」

當卓元差不多花了三天才喝完那壺青紅蘿蔔瘦肉煲菜乾湯的時候，阿英婆婆又拿着另一個保溫壺出現在B房門前。

「這是瑤柱蝦乾粥，蝦乾是大澳生曬的紅蝦乾……」

不等阿英婆婆說完，卓元便望向站在她身旁的中年婦女：「這位是……？」

「她是我的鄰居王太，平常很關心我們這種獨居老人，是個好人……」

王太搶先一步打招呼：「莫生你好！聽阿英婆婆說你的英文很好，所以有件事想拜託你！」

「什麼事？」

「我的小孩今年升讀小一，但被派往不太理想的小學，我想幫他『叩門』找更好的學校，聽說如果有一封英文寫的自薦信成功率會較高，可是我讀書不多，不會寫英文信……」

卓元雙手接過阿英婆婆的蝦乾粥，從容不迫地對王太說：「我要先了解你小孩的個性，才能寫出真切確實的自薦信，你先把小孩帶來讓我跟他聊聊天了解一下吧！」

在王太的小孩「叩門」成功，入讀了心儀的小學後，王太又帶來了一大包台灣買來的牛軋糖及她的「麻將腳」陳太……

陳太的爸爸劉老先生先前因中風變得不良於行，劉老太每天都得吃力地用手動輪椅把他推去復健，因此陳太想為爸爸購買一部電動輪椅。但陳太只是一名全職家庭主婦，而她丈夫的收入也僅夠養家，於是在社工建議下，陳太向社會福利署申請資助以作購買電動輪椅之用。惟申請的人數實在太多了，不知要等到猴年馬月才拿到資助金……

「試試向非牟利慈善組織申請援助基金吧，剛好我有個相熟的人是慈善基金創辦人，你拿着我的推薦信向他們申請，應該很快有回音了。」卓元一邊嚼着牛軋糖一邊在白紙上草擬着信件。

兩星期後，劉老先生終於坐上了他的電動輪椅，而陳太也帶着果籃和另一位二十多歲的女子一同出現在B房中。

當那名女子看到劏房內竟然有一個穿着純白襯衣、深藍西褲、黑色皮鞋的中年短髮男人時，她眼中掠過了一絲不易察覺的神采。

「莫生，我給你介紹一下，這位是一直跟進我爸爸個案的社工，霍姑娘。這次我爸能夠順利申請到資助，她說無論如何都要親自來拜訪你，向你道謝。」

霍姑娘微笑着向卓元遞上了卡片，卓元伸手接過，快速地瞄了一眼。

「耆光社老人中心」註冊社工，霍潔兒。

霍潔兒向卓元微微點頭：「莫生你好！我是『耆光社老人中心』的外展社工霍潔兒。

我們中心的服務範圍包括向區內長者提供社區照顧和支援服務，而我主要負責社區支援，包括上門探視獨居老人、為有醫療需求的長者轉介至合適的醫護機構，以及在評估個案和審視經濟狀況後協助長者申請相應資助或補助。先前劉老先生申請資助時……」

卓元打量着眼前這個年約二十七八歲的女子，深棕色的齊陰側分瀏海自然地撥往一旁；額頭下是一雙戴了金絲圓框眼鏡的大眼睛；素顏下的皮膚略見蒼白，讓大大的黑眼圈看起來更為顯眼；及肩的頭髮隨性地披在暖灰色的西裝外套上；同色西裝褲下踏着的是樸實的全黑色一吋高跟鞋。

「……所以，劉老先生能夠這麼快買到電動輪椅，真的非常感謝莫先生的幫忙！」

卓元回過神來，客套地說：「霍小姐，舉手之勞，何足掛齒。」

這時陳太也搭腔了：「莫先生，謝謝你幫了家父。這果籃是我的一點小心意，不是什麼名貴的水果，請你笑納。」

「客氣客氣。」卓元坦然地接過了果籃，這時霍潔兒忽然別過頭向陳太說：「陳太你先走吧，我還有點事想找莫生商量。」

語畢，她還不着痕跡地向卓元拋出一個意味深長的眼神。

老實說卓元並不意外，正所謂「無事不登三寶殿」，霍潔兒怎麼可能只是為了劉老先生的一張電動輪椅，便特意過來太安樓找他？

可是她打發陳太先走，自己獨自留在劏房這個狹小的空間與卓元共處一室，卻使卓元心中警鈴大作。

畢竟孤男寡女共處一室，假如發生了什麼事，也是雙方各執一詞，無人能證明卓元的清白。

卓元趁着陳太未出門前站了起來：「如果是我力所能及的事，我都很樂意幫忙，不過這兒實在是太狹窄了，剛好我想出去喝杯咖啡，不如找間咖啡店坐坐？」

潔兒抬頭看着他，然後點了點頭。

兩人離開太安樓後往海邊方向走，很快便來到一間星巴克咖啡店。

卓元紳士地拉開了椅子讓潔兒先落座，然後微笑着問她：「你想喝什麼？」

潔兒指指椅子示意他先坐下再說，於是卓元順着她意思就坐。這時潔兒反問：「你想喝什麼？」

「我只喝熱的黑咖啡。」

「好。」潔兒拿着錢包站了起來，頭也不回地往收銀處方向走去。

好要強的女人啊……這是卓元當時的想法。

一會兒後，潔兒拿着一杯熱的黑咖啡和一杯熱的泡沫咖啡回來，她把咖啡放到卓元面前，問：「要糖嗎？」

「一包糖，謝謝。」

潔兒在咖啡旁邊放下了一包黃糖。

兩人默默地為自己的咖啡加糖，當卓元正攪拌着他的黑咖啡時，潔兒終於開腔：「當我第一次聽到陳太說她在劏房裏遇到一個男人，不但認識慈善基金創辦人，而且寫了推薦信給劉老先生去申請資助時，我是不相信的，還以為是某種騙局。」

「正常。」

「尤其當我看到信上寫着『雅妍慈善基金』時，我就更不相信了，像『雅妍慈善基金』這種大型慈善機構，他們通常都會以『活動項目』為單位來撥出款項，而不會為個別有需要人士提供資助的。」

「你這想法很合理。」

「為免陳太受騙，於是我決定親自陪她上『雅妍慈善基金』的辦事處提交你的推薦信，結果讓我大吃一驚……」

這時卓元大概想像到發生什麼事，似笑非笑的問：「為什麼吃驚呢？」

潔兒上身傾前，壓低聲線說了一句：「我從沒想過，原來你是大律師。」

「雅妍慈善基金」創辦人利雅妍是一個非常傳奇的人物。

她在香港大學文學院主修英語及法語，熱愛旅行的她在二級榮譽畢業後立即投考了空中服務員，並在頭等艙工作時遇上「鑽石大王」的獨生子楊耀龍；楊耀龍對她一見鍾情，立刻對她展開熱烈追求，兩人旋即墮入愛河並於翌年成婚，婚後利雅妍辭去空中服務員的工作，專心經營「名媛」及「妻子」的角色，未幾更為楊耀龍先後誕下一子一女。

但像這種現實版「灰姑娘」的故事，總是會有一個出乎意料的轉折的。

這個出乎意料的轉折，便是利雅妍無意間發現楊耀龍原來一直都包養着兩個情婦，於是她毫不猶豫帶着孩子搬離楊家大宅，然後找律師向楊耀龍提出離婚，並提出要分掉他一半的身家。

而當時楊耀龍名下的資產，接近一百億港元。

楊家登時在外國聘任了一個戰績彪炳、收費高昂的資深大律師跟她對簿公堂，勢孤力弱的利雅妍把心一橫，決定一邊打離婚官司一邊跑去唸法律學位。

經過六年漫長而刻苦的學習，終於利雅妍不但成為了大律師，更因為實習期間遇上了一個專精「家事法」的師傅（律師界的實習一向是「師徒制」）稍微提點了她，結果她成功分得前夫二十億港元作贍養費，消息一出，震撼全城，成了好一會兒人們茶餘飯後熱議的話題，其時有不少人譏諷她處心積慮嫁入豪門就是為了奪取家產；但她懶理流言蜚語，不但當起了專打離婚爭產案的大律師，更拿了一億港元出來成立了「雅妍慈善基金」回饋社會。

沒錯，當年利雅妍實習期間所跟隨的師傅，正是莫卓元。

話說當日潔兒陪陳太到「雅妍慈善基金」辦事處說明來意後，起初辦事處職員的反應一如潔兒所料，推說他們只撥款予活動項目，不接受個人申請……但在陳太拿出卓元撰寫的推薦信後，一個看起來較為高級的職員頓時臉色一變，連忙跑到辦事處後方打電話。

過了沒多久，高級職員掛上了電話，臉上堆滿笑容地走近兩人：「利小姐吩咐我馬上幫兩位處理是次的申請，請兩位跟我進會議室，要喝點茶或咖啡嗎？」

之後申請的過程異常順利，在完成一切的手續後，兩人正要離開，陳太卻因喝了太多茶而需要上洗手間，於是潔兒一個人坐在辦事處的大堂等她。

這時一個身材高朓，穿着剪裁貼身的西服套裝，打扮時髦的女人華麗地走了進來，她身後還跟着幾個同樣穿着高級西服的人。

潔兒一眼便認出她正是利雅妍本人。

利雅妍也看到坐在沙發上的潔兒了，徑直向她走過來：「你是師傅的朋友嗎？」

潔兒一時反應不過來：「師傅？」

利雅妍再問：「你是莫卓元大律師的朋友嗎？」

潔兒聽罷，頓覺天旋地轉——大律師？一個據陳太説獨個兒住在劏房裏的人竟然是大律師？剛剛自己還在懷疑是騙子的人原來是貨真價實的大律師？

「不是。」潔兒搖了搖頭，那時她連「莫卓元」這個人長什麼模樣也不知道。

「是嗎……」利雅妍像是明白了什麼似的點了點頭，然後會心微笑：「師傅心地善良，當有人向他求助的時候，他就是無法撒手不管，你們能遇到他還真幸運。」

「我們十分感謝莫先生的推薦，同時也非常感激貴基金的幫忙……」

利雅妍揮揮手示意不必放在心上，然後邁步走向自己的辦公室，身後那羣不知道是秘書還是助手的人急忙亦步亦趨地跟上她。

剩下剛聽到震撼真相而導致目定口呆的潔兒愣住在沙發上。

「事情就是這樣，我先前還誤會莫大狀你是騙子，真的非常抱歉！」

聽潔兒說完前因後果後，卓元笑着安慰她：「不要緊，有誰會猜到劏房裏會住了個大律師？你的懷疑非常合理，我沒有放在心上。」

「可是……你堂堂一個大律師為什麼要住在劏房呢？」

這問題觸及卓元內心痛處，他臉上笑容瞬間凝固：「……我到太安樓租住劏房是出於私人原因，詳情不便透露。」

潔兒察言觀色自知失言，連忙道歉：「對不起！我不是有意打探你的隱私……」

卓元揮揮手示意不要緊：「對了，你剛才說有點事想找我商量，是什麼事？」

「誠如我先前所說，我在『耆光社老人中心』主要負責為長者評估個案及審視經濟狀況，然後協助他們申請相應資助或補助，其實像劉老先生那樣情況的個案不在少數……」

卓元聽懂了潔兒的意思：「所以你希望我也幫其他老人家申請資助？」

「不全是申請資助這方面，也有些老人家會有法律上的疑問……」

「我明白了。」

卓元沉吟了半晌，腦海中飛快地掠過幾個不同的念頭；潔兒緊張地呷了一口咖啡，一直盯着卓元臉上的表情，不敢作聲。

終於卓元再次開腔：「好吧，但我有兩個條件。」

潔兒立刻放下了杯子，坐直了身子：「請說。」

「第一，我只會在每個星期一的下午幫忙，所以請你提早安排好需要幫忙的個案和準備一切所需文件。」

潔兒用力地點了點頭：「沒問題！」

「第二，由於『大律師公會』的規定，我不能以『大律師』的身分提供協助，我只是一個熱心的普通人『香港市民莫先生』，我的身分絕對要向街坊們保密，你辦得到嗎？」

潔兒再用力地點一下頭：「辦得到！」

「此外，這次的合作以一年為期，一年後可視乎成效來決定是否續約；若任何一方想更改協議，屆時可以提出商討。」

「好的！」

「如果你違反了以上任何一項條件，我將單方面終止提供任何意見或協助而有權不作任何解釋或通知，你清楚明白了嗎？」

「明白！」

卓元望着潔兒認真的神情，不禁莞爾：「好，協議成立。」

卓元主動向潔兒伸出右手，潔兒會意，也伸出了右手與他相握：「一言為定！」

看着潔兒那洋溢着青春與希望的眼神，一個古怪的念頭倏地從卓元的腦海中冒了出來。

他忽然想說個笑話。

「跟你說個笑話。」卓元一臉嚴肅：「從前有一個人，他苦惱着自己該不該跟女朋友結婚，苦思無果之下，他決定向村內的智者請教。」

「嗯嗯，然後？」潔兒專心地傾耳細聽。

「然後他跑去問村中的牧師，牧師叫他向神祈禱並聆聽神的聲音；他又跑去問村中的老師，老師跟他說『結婚只是人生的附加題，答對了加分，不回答不扣分』；還是得不到答案的他終於跑去找村中的律師並付了錢，律師毫不猶豫地跟他說『別簽任何沒有到期日的合約！』」

對，這是一個笑話，只有律師才懂的冷笑話。

以前卓元常常跟前妻說這些律師冷笑話，他的前妻聽罷往往把白眼翻到後腦，完全不明白這些東西有什麼好笑。

可是，卓元就是覺得很幽默啊，他不過想把自己覺得有趣的事情與重要的人分享而已⋯⋯

「哈哈哈哈⋯⋯這也太好笑了！」冷不防潔兒突地笑得前傾後仰，把卓元嚇了一跳。

「『沒有到期日的合約』！這還真是律師才想得出來的形容詞，哈哈哈哈！」

潔兒笑到眼睛都飆出淚水了，卓元看着她的反應先是一愣，然後也放鬆心情開懷大笑起來：「對！這是律師專屬的冷笑話！哈哈哈哈！」

回想起來，卓元也很久沒有開懷大笑過了。

離婚以後，這還是第一次。

潔兒是一個辦事果斷、行動迅速的人，不消兩天她便篩選並安排好下星期一要卓元幫忙的老人家，甚至預先寫了簡報讓卓元能在事前了解每宗個案的情況。

「申請資助、遺囑、遺囑、被消防處出信指控違反消防條例……然後又是遺囑？這也太多了吧？」

卓元一邊努着嘴一邊翻着潔兒給他的簡報，後者面帶無奈地聳了聳肩。

「你知道老人家最緊張的便是身後事了，可是他們常常覺得找律師立遺囑是一件非常昂貴的事，於是就一拖再拖，拖到健康開始明顯走下坡的時候才跑來問我怎麼辦。」潔兒攤開雙手，「我還能怎麼辦？要不是認識了你，我也只能勸他們去找律師啊！」

「可是，即使我按照老人的意願為他們草擬了一個遺囑的初稿，他們還是得找個律師和見證人才能讓遺囑具有法律效力啊！」

「這就簡單了。」潔兒雙手叉腰地笑着，露出一口潔白的貝齒。

卓元有不好的預感。

「聽周老太說，你有個只會象徵式收取一百元報酬的好朋友？」

果然！

像太安樓這種仍有舊式鄰里關係的地方，只要有什麼新奇的消息瞬間就會不脛而走，傳個四通八達！

不過話說回來，梁公子也不缺這幾個錢，他也該是時候多做善事回饋社會了……

不出所料梁公子在電話中氣得破口大罵：「我爸每年捐一千萬好歹還能撈個總理當當，請問我現在免費做義工有什麼好處呢？你這是賣兄弟不是？」

「第一，每宗有一百元報酬，不是義工；第二，『為善無近名』，真心行善的人不應該是為了名聲或好處才做善事的。」

「別說笑了！做善事不為名利？……錢可以略過不計，但我為什麼要浪費時間做善事？為什麼要幫那些素未謀面的陌生人？」

「因為我認識了你十多年，我比誰都清楚知道，表面上你裝出一副花花公子的模樣，實際上你是一個善良的人。」

梁公子頓時語塞，良久，他拋下一句「……臭小子，下次喝酒你付賬！」就掛線了。

看到卓元放下手中電話後長吁了一口氣，坐在旁邊摺疊椅上的潔兒一臉內疚和不安：「你們是不是吵架了？如果他不願意那就算了，我們再想辦法，別影響到你們之間的友誼……」

卓元輕輕地拍了拍潔兒的手背示意她放心：「梁律師本質上也是一個善良的人，他只是經歷得太多罷了。」

「經歷得太多？」

對啊，眾所周知，梁公子的親生母親是梁總理的第三任太太；梁總理的首兩任太太合共為他誕下了五個女兒，求子心切的梁總理不斷離婚又結婚，直到梁公子的母親為他誕下唯一的子嗣，他才心滿意足；好不容易老來得子，梁總理當然非常寵愛梁公子，甚至把他視作唯一的繼承人——結果，梁公子身邊開始出現大量急需現金周轉的「朋友」。

今日借五萬，明日借十萬，然後在前債一毛錢都尚未繳還時，那些厚面皮的「朋友」竟然還敢來找他繼續借錢！而梁公子想也不想就借了！

梁總理知道這事後氣得要命，覺得梁公子這樣下去只會敗光家產，於是立刻中斷了他全部的金錢援助，更勒令所有親戚不可以借錢給他；當時正準備唸 PCLL 的梁公子山窮水盡，連學費都掏不出來，只好請從前有問他借錢的「朋友們」先還一部分的款項以解燃眉之急，結果這些所謂的「朋友們」通通翻臉不認人或直接失去聯絡。

正當梁公子走投無路之際，莫卓元給了他一筆錢。

這是卓元從大學一年級開始，利用課餘時間做兼職補習老師賺來的第一桶金。他本來打算把錢存起來，留待日後成功考上大律師的時候，把這筆錢用作事業上的啟動資金——對於沒有富裕家庭在背後支撐的大律師來說，有足夠資金熬過首兩年是非常重要的——但他還是毫不猶豫就把錢全給了梁公子。

梁公子知道這筆錢對於卓元的意義，不過他還是默默把錢收下並用來交了PCLL的學費。他還學卓元那樣當起兼職補習老師來賺一點生活費，也不再那麼講究吃穿用度了。

直到梁公子PCLL畢業又熬過兩年實習期終於當上事務律師後，梁總理才想到要修復父子關係。他不但把名下中環商業大廈的頂樓全層送給梁公子開律師事務所，更吩咐旗下所有公司都必須優先找梁公子事務所的律師擔任法律顧問。

梁公子收下了頂樓，如願開了一間律師事務所；他也簽下了法律顧問的合約，賺了個盤滿缽滿；但要他原諒梁總理並修復兩人之間的關係？門都沒有。

當然，梁公子把錢還給卓元了，還是「雙倍奉還」那種，可是卓元只願意收下當年借給他的金額，不多要一分一毫。結果在卓元正式成為大律師的兩星期前（所有準大律師都必須在高等法院參加一個儀式，由高等法院大法官親自頒授認許資格方可開始執業），梁公子特意從英國某間有三百多年製作律師服裝經驗的裁縫店訂了「假髮」和「黑袍」送給他，卓元也沒推搪，直接心懷感激地收下了。

經過這一番人生的跌宕，梁公子看透了人性。自此他性情大變，戴上了花花公子的面具，放縱不羈一擲千金，花天酒地遊戲人生——唯一的例外，便是莫卓元，卓元是他唯一交心的好朋友。

「是啊，他經歷了很多。」卓元沒有把這段冗長的過往告訴潔兒，他只是感慨地輕歎一聲：「大概每一個曾經善良的人，背後都必然承受過被他人濫用這份善良的傷害吧？」

他望向潔兒，眼底有着淡淡的哀傷。

這次換潔兒輕拍他的手背：「我懂。」

卓元猜到幾分：「社工是一份吃力不討好的工作，你也辛苦了。」

「不就是嘛，幫人還得捱罵、被投訴呢！」潔兒笑着訴苦，「不少人把社工視作『黃大仙』，必須『有求必應』，否則就是失職……最糟糕的是，即使我成功『應驗』了這一次，但下一次呢？再下一次呢？大部分人都是貪心的，一次的幫助非但不會換來感激，反而會助長他無窮無盡的貪欲……」

「就沒想過換另一個工作嗎？」卓元問。

潔兒搖搖頭：「這不是工作的問題，這是人的問題。除非我找一份不用與他人接觸的工作，否則總有機會遇上這種蠻不講理的人吧？」

「也對。」

潔兒指着桌上的簡報：「所以，只要我所幫助的人當中仍然有那些弱勢社羣，只要仍然有那些真正需要援助的基層，我便會繼續做好這份工作；就算遇上那些貪得無厭的人來鬧事，我也保持專業態度面對，做到問心無愧，這就足夠了。」

卓元向潔兒投以欣賞的目光：「你真是一個堅強而善良的人。」

「莫大狀才是，明明是堂堂大律師，卻願意分文不取來幫助有需要的人，這才是真的善良啊！」

「哈哈，我們就別互相幫對方戴高帽了，辦正事要緊，先從第一宗『申請資助安老院舍』開始吧！」

「好的！王婆婆今年七十二歲……」

眼看潔兒指手劃腳、幹勁十足地講解個案，卓元聽着聽着，漸漸陷入了沉思。

一星期後，當卓元接到利雅妍的電話時，他並不覺得太意外。

「師傅，明天有空喝個下午茶嗎？」

「好，時間、地點？」

「三點，文華東方的 Café Causette。」

翌日當卓元提早十五分鐘抵達 Café Causette 的時候，卻發現利雅妍早已在窗旁位置就坐，桌上還放着一個漂亮的茶壺和半杯紅茶。

卓元在侍應生的引領下來到利雅妍跟前坐下：「利大狀，好久不見。」

利雅妍放下手中的智能電話，向卓元微笑點頭：「不好意思，剛剛午餐會議提早結束了，所以我來早了一點，你要點些什麼嗎？」

卓元連餐牌都沒看就向侍應生說：「海南雞飯，熱咖啡不要奶，謝謝。」

侍應生微微彎腰，點點頭，然後望向利雅妍。

「我要一份 caviar and cracker，謝謝。」

侍應生再點點頭，確認一遍兩人的餐點後，就退下了。

「仍是海南雞飯，師傅你真是百吃不厭啊。」

卓元笑了笑：「我這人就是古板又長情。」

「說起『長情』，我聽說了……」利雅妍拿起紅茶杯優雅地呷了一口：「你離婚的事，還有你已經超過一年沒有接任何 case 的事。」

「這不是什麼秘密。」

「一個不愛你的人離開了你，對你的打擊真的這麼大嗎？」利雅妍直勾勾的盯着莫卓元：「打擊甚至大得可以讓你放棄『大律師』的身分？放棄你經營已久的事業？放棄你那傑出的才能？」

感受到利雅妍的咄咄逼人，卓元的神情也瞬間變得肅穆起來：「我什麼時候說要放棄當大律師了？」

「不是嗎？明明梁律師轉介了好幾宗離婚爭產案給你，你卻叫他把全部 case 轉介給我，然後自己躲在太安樓的劏房裏與一羣老婆婆老公公一起玩家家酒遊戲？」

「你怎麼……」

「我怎麼知道？上次你推薦那兩個女人來我的慈善基金申請資助時，她們有在申請表格上填寫住址，然後我再派人一查，『太安樓的莫先生』知名度還滿高的，大家都很樂意談起你，而且對你讚不絕口。」

卓元聞言大笑：「哈哈，那不是很好嗎？」

利雅妍的臉色陰沉得可怕：「一點都不好，你是鼎鼎大名的莫卓元大律師，你屬於法庭和大律師事務所，而不是太安樓的劏房！」

「有分別嗎？」卓元收起了笑容，一臉認真地道：「幫助一個有需要的老人家申請購買電動輪椅的錢，跟幫助一個帶着孩子離婚的母親向前夫爭取最多的贍養費，分別在哪兒？」

利雅妍皺眉：「分別在於老人家連我們一小時的收費都付不起！」

卓元目光炯然地逼視着她：「如果只有付得起錢的人才能獲得幫助，那當年你離婚的時候我就應該代表你前夫楊家而不是你！」

利雅妍頓時沉默了下來，低着頭，又喝了幾口紅茶。

這時食物上桌，侍應生先把海南雞飯和熱咖啡放到卓元面前，再把魚子醬和克力架放在利雅妍跟前。

「請慢用。」侍應生微微地點了點頭，就走了。

卓元拿起雙筷就開始大快朵頤，利雅妍卻碰也沒碰她的魚子醬。

「先吃東西吧，放久了口感會變差的。」

利雅妍抬起頭，眼眶看起來有點兒紅：「師傅，你於我有恩，你在我人生最黑暗的時候向我伸出援手，引領我踏上『大律師』這條路，對此我非常感激，也因此，我更沒法忍心看着你這樣自暴自棄、不務正業啊！」

卓元搖搖頭：「我沒有不務正業，更沒有自暴自棄，我在幫助他人。」

「你免費地把我們花了很多金錢和時間才得到的知識用來無私地幫助一羣窮人？」

「利大狀，你和我都是捱過窮、吃過苦的人……」卓元輕歎了一口氣，「應該比其他大律師更清楚山窮水盡那種窘迫的感覺吧？這些你口中的『窮人』其實又和當初的你我有什麼分別呢？」

利雅妍急道：「我們不一樣！我們有努力向上爬，所以才擺脱了貧賤的桎梏，成就了今天的自己！」

「可是，」卓元不徐不疾地説道：「如果當初我們在最需要別人幫忙時沒遇上一個願意幫助自己的人，我們還有後續的機會嗎？」

利雅妍一時語塞，白皙的雙頰漸漸泛紅。

「利大狀，你也是明白這一點才會設立慈善基金吧？」

「這不一樣！慈善基金花的只是錢，可是現在你是把自己的職業生涯也搭進去了！只不過是離婚，只不過是丟了一個不再愛你的人，值得你犧牲這麼多嗎？」

「雅妍，對你來説，離婚可能只是意味着失去一個你不愛的人；但對我來説，離婚代表的是，我失去了一個我很珍惜的家。」

「師傅……」

卓元的視線投向窗外的藍天：「我還在尋找自己下一步該往何方。」

喝完下午茶後，兩人在酒店的正門分別，分別前卓元突然向着利雅妍微微一笑：「我知道你在擔心我，謝謝。」

利雅妍用複雜的眼神望着卓元，良久，緩緩地吐出了一句：「無論你身在何方，你在我心目中永遠是那個穿着黑袍戴着假髮，在法庭上威風八面的莫卓元大律師。」

卓元沒說話，只是平靜地目送利雅妍坐上她那鮮紅色的 Ferrari 458 Speciale A 裏，然後微笑着向她揮了揮手道別。

在紅色的敞篷跑車消失在轉角處後，卓元轉身就走向電車站——跑車與電車，這大概便是利雅妍與莫卓元如今的差別。

卓元乘上電車，在上層靠窗的位置坐下，居高臨下地看着這個營營役役的城市。

穿着端正行政套裝，打扮得光鮮亮麗的專業人士們，每個都行色匆匆地於中環和金鐘的商業大廈間來回穿梭；各式各樣穿着公司制服的零售或服務業人員，不斷往返穿插於商業味濃厚的銅鑼灣中；穿着校服的學生三五成羣地走着，或到球場踢足球打籃球，或到圖書館溫書，或到星巴克做功課，或……

每個人都努力地活着，做着切合自己身分的事情——唯獨坐在電車上的卓元，剛剛被他最得意的徒弟說自己「不務正業」。

對卓元來說，什麼是「正業」？

是穿着黑袍戴着假髮站在法庭上為自己客戶雄辯滔滔嗎？

是在會議室中引經據典跟對方大狀討價還價，為客戶斡旋出最優厚的條件嗎？

是在辦公室裏撰寫一封又一封的律師信，直至得到客戶滿意的結果為止嗎？

不，以上皆非。

對於卓元來說，他此生最重要的「正業」就是建立一個屬於自己的家，一個能作精神寄託的溫暖空間，一個可以讓他卸下所有防備與偽裝的安心之所——可笑的是，這個他曾經擁有過的夢，偏偏被他的前妻用「法律」無情地戳破了。

身為大律師，卻被最親密的夥伴「法律」貫穿了心臟，這教卓元以後該如何面對它？

當卓元正失神地看着窗外的景色時，一縷微涼的雨絲悄悄地飄落在他的鼻尖上。

第二章——加菲

年輕的管理員激動地指着卓元身後：「那隻明明就是狗！」

此時小狗還很配合地抬起頭「汪」了一聲。

「聽見沒有！牠吠了！那是一隻狗！」

卓元眨了眨眼睛，一臉平靜地說：「那是一隻會吠的貓。」

PY CAT

細細銀絲沒多久便成了滂沱大雨，街上的行人要不立刻張開了雨傘，要不就倉皇狼狽地逃往鄰近的簷蓬下避雨。

卓元也關上了電車的窗，從黑色的公事包裏掏出一把墨綠色的摺疊傘準備使用。

今天因為要跟利雅妍見面，卓元久違地穿了全套西裝，還拿了黑色牛皮製的公事包，活脱脱就是一個專業人士的模樣——如果被太安樓的左鄰右舍看到這樣的卓元走進劏房，他的身分大概便要曝光了。

所以卓元決定今晚回太古城的家，順道拿點換洗衣物和多拿幾本未看的書。

電車來到太祥街的站，卓元俐落地一邊下車一邊張開雨傘。狂風捲着暴雨狠狠地砸在傘上，發出響亮的答答聲，觸目所及全是鋪天蓋地的雨網，卓元拿穩了傘子，二話不說就踏着水花往太古城的方向跑去。

這時一絲柔弱的悲鳴劃破嘩啦的雨聲傳進卓元耳中。

「嗚嗚……」

卓元低頭一看，在太祥樓出入口那狹窄的簷蓬下，一個混身濕透的毛茸茸身影正躺在地上虛弱地顫抖着。

那是一隻隨處可見的、非常普通的啡色唐狗，體型約兩個巴掌大小，大概是剛淋雨了吧？牠一邊把身子蜷縮在簷蓬下的角落裏，一邊發出「嗚嗚」的聲音，像是在求救又像是在悲鳴。

本來正小跑着的卓元倏地停下了步伐，看着那隻瑟瑟發抖的小狗，猶豫了半晌，然後一咬牙，猛地一個箭步衝前走到簷蓬下，用單手把牠一抱入懷，就這樣一手抱犬一手拿傘的走回太古城的家。

小狗像是有靈性似的，不掙扎也不吠叫，任由卓元抱着，直到卓元回到家裏把小狗放到浴室的地板上，跟牠說了一句：「留在這乖乖別動。」小狗才像是聽懂了似的「汪」了一聲。

卓元脫下了身上那套過萬元的西裝，也沒空理會上面沾了一片的水漬和污漬，只見他隨手套上一件圓領汗衣，便匆匆趕往浴室幫小狗洗個暖呼呼的熱水澡，洗完澡後再用吹風機細心地把小狗身上的毛吹乾。

幸好家中先前有養貓（雖然五隻貓都被前妻拿走了），卓元從雜物房裏拿出了兩隻貓碗，在其中一隻碗裏添了些暖水先給小狗喝着，然後他拿着另一隻碗打開了電冰箱，想找些食物給小狗填填肚子。

然而並沒有。

租住了太安樓的劏房後，卓元幾乎沒回過太古城的家，所以他家的電冰箱是空的。

卓元皺着眉頭再一次走進雜物房，眼角餘光瞥見一袋全新未開封的貓糧……

貓和狗不都是寵物嗎？所以，大概貓糧也跟狗糧差不多……對吧？所以，就算讓小狗吃貓糧也應該沒問題……對吧？

在卓元成功説服自己貓糧跟狗糧其實差別不大後，他就把貓糧從房間角落裏拖出來開封，把「吞拿魚雞肉味」的貓糧倒進碗中拿給正在喝水的小狗。

小狗嗅了嗅碗子，二話不説便津津有味地吃了起來，大抵是餓壞了吧？

卓元蹲在小狗旁邊靜靜地看着，見牠吃得有滋有味的，嘴角不自覺地微微上揚。

這時門鈴突然響了。

是誰？不會是前妻回來討貓糧吧？

卓元滿腹狐疑地走近大門，小心翼翼地從門上的防盜貓眼看出去，卻發現門外站着兩個穿着制服的管理員。

卓元開門：「請問有什麼事嗎？」

兩個管理員一長一少，大概是上司跟下屬的關係，比較年輕的那個先開口：「莫先生你好，我們是樓下管理處的，剛剛收到住客投訴，說看到你養狗了……」

沒錯，太古城雖然是一個高級中產屋苑，但這屋苑卻是不、准、養、狗、的！發展商甚至把「不准養狗」這一條款寫進了大廈公契之中！

所以把小狗抱回家的卓元，是板上釘釘的違規了！

卓元側身指着在吃東西的小狗，誠懇地向管理員解釋：「我剛在街上看到被大雨淋得濕透的牠，出於不忍所以抱了回家。我保證牠不會久留的，頂多兩三天，之後我會把牠送走，請問可否通融一下？」

年輕的管理員聞言面露猶豫之色，只能望向上司。

較為年長的那個管理員踏前了一步，露出客氣的笑容：「莫先生，你說的情況我們當然明白，也很想體諒；可是規矩就是規矩，既然現在有住客向管理處投訴，我們便有責任去處理。如果莫先生覺得現在立刻把狗放回街上不是一個恰當的處理方式，要不考慮把狗交給漁農署接收？」

「但漁農署在接收動物四天後，若沒有人領養便會將其人道毀滅……這可是關乎一條生命啊！請酌情給我兩三天時間去幫牠找個新主人，可以嗎？」

年長的管理員聳了聳肩：「抱歉，莫先生，這是規定。」

卓元閉上眼睛深深吸了一口氣。

他本來不想用這一招的。

卓元一睜眼：「大廈公契寫的是『不准養狗』對吧？」

年長的管理員點了點頭。

「你哪隻眼睛看到我養狗了?」

年輕的管理員眼睛頓時睜得老大，指着卓元身後的小狗：「莫先生，你身後就有一隻狗。」

「那是貓。」

「什麼?」這次連年長的管理員都面露疑惑之色。

「那隻是貓，你看不到牠在用貓碗吃東西嗎?」卓元晃了晃手中那包「吞拿魚雞肉味」的貓糧，「吃的還是貓糧喔!」

「莫先生，你不能這樣硬拗!」年輕的管理員激動地指着卓元身後：「那隻明明就是狗!」

此時小狗還很配合地抬起頭「汪」了一聲。

「聽見沒有!牠吠了!那是一隻狗!」

卓元眨了眨眼睛，一臉平靜地說：「那是一隻會吠的貓。」

「你……」

年輕的管理員氣得說不出話，還是年長的那位比較沉得住氣：「莫先生，若然你堅持己見，我只能如實向物業經理匯報，一切的法律後果，由你承擔。」

「法律後果？」卓元側着頭想了想，「據我所知，大廈公契內只寫明『不准養狗』，卻沒有寫清楚『狗』的相關定義，所以還是先請你們公司的法律顧問給我發一封律師信，內容清晰列明『狗』的定義，我拿來跟我的『貓』對比過後，再決定如何回應，好嗎？」

年長的管理員把雙手交叉放在胸前，語氣中略帶着威脅的口吻：「莫先生，請你明白，一旦驚動了公司的法律團隊，那事情便沒那麼容易收拾的了。」

卓元微笑：「沒關係啊，大不了就是打官司——for your information，當年美孚新邨的管理公司跟居民打官司還敗訴了，結果現在美孚的居民們都能快樂地養狗呢！」

兩個管理員被卓元這一番話殺個措手不及，只能愣住在卓元家門前，進退維谷。

「所以，這事現在有兩個解決方法。」卓元豎起兩根手指，「第一，給我兩三天的寬限期，我會儘快把牠送走；第二，就用法律途徑解決，我們各自承擔後果——你打算選哪一個方法？」

這次換年長的管理員深深吸一口氣，薑不愧是老的辣，權衡利弊後，他已做出了決定。

「莫先生，投訴的住戶大概是不小心看錯了，希望你家的『貓』在這兩三天別到處亂跑，也請你儘快把牠送走，謝謝。」

語畢，年長的管理員立刻頭也不回地轉身離去，而年輕的管理員在瞪了卓元一眼後，也轉身追上去了。

卓元隨即關上大門，然後長長地吁了一口氣。

他當年決定當大律師的時候，可從來沒想過有一天要運用法律為一隻狗辯護！

最氣人的是，當卓元回首看那毛茸茸的傢伙時，發現牠還一臉怡然自得地吃着貓糧呢！

卓元再次走到小狗身旁蹲下，還伸手摸了摸牠的頭。

「你要緊記自己是一隻貓啊，知道了嗎？現在來讓我幫你改個名字吧……嗯……就叫『加菲』好不？」

「汪！」

法律就是這麼奇妙。

既能成為用來傷害他人的劍，也能成為保護弱者的盾，視乎它落在誰的手中，又視乎它被如何運用。

莫卓元大律師，驀然間彷彿明白了什麼，笑了。

翌日早上，卓元依舊在雙人牀的左邊醒來，與以往不同的是，今天牀的右邊有了溫度。

「汪汪！」加菲從牀的右邊站起來，走到卓元身旁，伸出粗糙而濕潤的舌頭開始舐他的臉。

「住……住口！Stop！」卓元在牀上坐直身子一把抓起加菲，「我昨晚不是跟你說不准跳上牀睡覺的嗎？」

「汪嗚……」

「算了，」卓元把加菲放到地上，若有所思地自言自語着：「沒跟你好好說明『牀』的定義，是我的責任。」

加菲興奮地繞着卓元的腳不斷轉圈，卓元憐愛地摸了摸牠的頭，一個非常現實的問題迅即從他的腦海中浮現：

由於太古城和劏房都不能養狗，所以除非卓元搬家，否則他是沒辦法飼養加菲的——但在兩三天之內要卓元搬家那也太不現實，因此結論只有一個——那就是卓元得幫加菲找一個可靠穩當的新主人了。

卓元第一個想到的，是梁公子。

梁公子家住半山獨立屋，不但有足夠的活動空間，而且由於梁公子的母親本身也養了六隻狗，所以他家裏還有兩個工人專門負責照顧狗隻，乍聽之下是非常理想的棲身之所。

可是，梁公子母親養的六隻狗，全是身價動輒十萬以上的名種犬。

卓元只需稍微想像一下在六隻名種犬中混進了一隻唐狗的畫面，就馬上否決了「把加菲交給梁公子」這個選項。

卓元第二個想到的，是利雅妍。

離婚後的利雅妍從豪門名媛搖身一變，成為了在上流社會炙手可熱的大律師，大律師的工作加上社會公益事務早已讓她忙不過來，偶有閒暇她就立刻買機票飛往外國陪伴子女，還哪有時候養狗？以她的性格，要是卓元跟她提及加菲的事情，她很有可能會當即掏錢出來成立一個「流浪動物慈善基金」……

卓元搖搖頭，也馬上否決了這個選項。

終於，卓元想到了那張親切的笑臉，霍潔兒。

作為一個扎根在地區的社工，即使她本人沒法養狗，大概也能幫加菲找到合適的主人吧……

一念既定，卓元立刻拿起放在牀頭的智能電話，寫了一段簡略的訊息發給霍潔兒，還用手機鏡頭對準加菲拍了一張照片附在訊息之後。

「好，就等她回覆了！」卓元放下手機伸了個大大的懶腰，接着把視線投向伏在他腳旁的加菲：「今天就別吃貓糧了，我們買狗糧去！你喜歡牛肉味嗎？」

「汪！」

梳洗過後，卓元走進雜物房裏找了個手提貓籠，然後把體型大小跟貓咪差不多的加菲放進籠中，關門時他還特意吩咐加菲：「要緊記你是一隻貓喔，離開家門後，在外面一定不能亂吠，明白嗎？」

加菲乖巧地伏在籠裏，喉頭隱約傳出「嗚嗚」的聲音。

卓元滿意地點點頭，拿了塊布把籠子蓋得嚴嚴實實，然後提起貓籠就出門了。

由於加菲是流浪狗，昨晚又淋了雨，卓元有點擔心牠的健康狀況，於是便帶着加菲坐計程車到相熟的獸醫診所進行檢查。

當診所護士示意卓元把狗從籠子裏拿出來登記時，一瞬間全診所的視線都立刻集中在加菲身上。

無他，只要細看診所內其他的寵物，不難發現牠們都是身價不菲的名種貓狗。狗方面有比熊、博美、泰迪、貴賓……貓方面有美國短毛、英國短毛、波斯貓、俄羅斯藍貓……

都快能組團開個貓咪聯合國了。

可是，加菲只是一隻平凡、普通、隨處可見的啡色唐狗。

雖説生命無分貴賤，但獸醫診所護士在填寫登記表格時仍難掩臉上詫異的神色。

「莫先生，請問……你這隻狗的品種是什麼？」

來到填寫「品種」一欄時，護士猶豫再三，最終還是決定問卓元。

卓元無視四周投來的視線，憐愛地摸了摸加菲的頭，答：「Mongrel。」——那是「唐狗」的正式英文名稱。

今天來看獸醫的人有點多，加上沒有預約，卓元抱着加菲坐在長椅上輪候了個多小時才能跟獸醫見面。

獸醫仔細地幫加菲檢查過後，發現牠雖然蠻健康但身上卻沒有晶片，意味着牠很有可能未曾打疫苗，於是獸醫在卓元同意下幫加菲打了狂犬病疫苗和植入晶片，加菲在整個過程中一直都非常乖巧，不吠叫也沒掙扎，連獸醫也忍不住摸摸牠的頭稱讚了一聲：「Good boy！」

檢查完畢，離開診所前卓元不忘買了一包幼犬狗糧——指定要牛肉味的——然後回到太古城的家。

回家後不久，卓元便收到潔兒傳來的訊息，表示下星期一見面時，她可以幫忙處理加菲的事情；卓元禮貌地回覆了幾句道謝的說話後，又忍不住從不同角度拍了幾張加菲的照片發給潔兒，附帶一句：「剛帶小狗看了獸醫打了疫苗，小狗非常健康，請新主人不用擔心。」

放下智能電話後，卓元疲倦地半躺在沙發上，還來不及闔眼休息一下，加菲已矯捷地跳到他的大腿上，熱情地搖着尾巴。

「乖。」卓元摸摸加菲的頭，腦海中快速地計劃着：今天是星期五，距離下星期一還有兩天，那就先在太古城這兒多待兩天，直至星期一早上才把加菲拿到太安樓的劏房……

這時電話鈴聲響起，卓元拿起一看，是梁公子的來電。

「臭小子，我又有一宗離婚案要轉介給你，這次除了贍養費談不攏，雙方還想爭奪孩子的撫養權，我的 client 是母親，剛剛在會議室裏不間斷地哭了差不多兩個小時……總之，是一個很麻煩的case——怎？你又要我去找那個姓利的女人嗎？」

一提到利雅妍，卓元眼前就浮現她紅着眼眶說他「自暴自棄、不務正業」的模樣……

加菲抬起頭，一邊舔卓元的手，一邊發出低沉的「嗚嗚」聲……

卓元深深吸了一口氣。

「David，這case我接了，你先找人把相關文件冊送到我的chamber，我這兩天回去把文件看一遍，然後下星期二早上十點跟client一起到我律師樓開第一次會議吧！」

梁公子不敢相信自己的耳朵：「……什麼？你再說一遍？」

「我說，你先找人把相關文件冊送到我的chamber，我會把文件看一遍，然後下星期二早上十點跟client一起到我律師樓開第一次會議吧，聽清楚了嗎？」

「……你接？真的要接？」

「再問，就別找我了，去找利大狀吧！」

「好好好，我不問我不問……可是，下星期二下午我要上庭，早上要先跟client開會，改下星期一下午三點可以嗎？」

「不，那就改星期三早上十點吧。」卓元一口拒絕了梁公子的建議，「我全部星期一都沒空。」

因為每逢星期一，卓元都和社工有個約會。

「嘩！這就是加菲嗎？好可愛！」甫踏進B房的大門，潔兒便瞥見躺在卓元腳畔的加菲，二話不說跑到加菲跟前蹲下逗狗：「加菲你好，我是你的新主人潔兒啊！」

卓元眉頭一揚：「新主人？」

「對，新主人。」潔兒一邊摸着加菲的肚子一邊笑逐顏開，「我媽看到加菲的照片後非常喜歡，吩咐我無論如何都要把牠抱回家，所以如果你不介意的話，我可以把加菲帶回家養嗎？」

「可以，當然可以，只是一直不知道你喜歡狗，所以有點意外。」

「我看起來不像是喜歡小動物的人嗎？」

「像，還更像是會好好對待小動物的人，加菲交給你我便放心了。」

「放心吧。」潔兒彷彿察覺到卓元心底的落寞，補充了一句：「我家就在附近，每個星期一我都可以帶加菲來探望你的。」

「不麻煩嗎？」

「不麻煩。」

「謝謝。」

卓元指着放在房間角落的狗糧和貓籠：「那麼，無論是加菲還是這些東西，現在都全屬於你了。」

「好呀，待會兒我把它們全部抱回家！」

潔兒高興地不斷摸着加菲的肚子，臉上笑靨如花。

卓元又忽然想說個笑話。

「霍姑娘，你猜一猜，為什麼很多男士都不結婚只養狗？」卓元一臉嚴肅。

潔兒側着頭想了想：「因為……『男人老狗』？」

「不是，是因為狗狗不會因主人夜歸而生氣，也不會因主人身上有別隻狗的氣味便妒忌，最重要的是，當狗狗要離開主人時，不會分走他們一半身家！」

潔兒先是一呆，眼睛轉半圈後瞬即明白了：「哈哈……又是律師笑話，好好笑喔！哈哈哈哈……」

「汪汪！汪汪！」

連加菲也彷彿笑得前俯後仰呢。

第三章——龍翔道車神

只見一架電動輪椅在龍翔道往九龍方向的車龍間左穿右插、逢車過車！

這神之操作簡直把整條龍翔道的所有司機都嚇呆了，

只見各車都紛紛扭軚減速用盡洪荒之力避開這「公路炸彈」……

星期二早上九點，當莫卓元的身影出現在大律師事務所時，立刻在辦公室引起哄動。

「莫大狀回來了？真的嗎？」

「他不是在放長假的嗎？」

「大概是放完假了吧？上星期還有文件冊送到他辦公室呢！」

「啊！怪不得莫大狀說要預訂明天早上十點的會議室……」

「所以莫大狀要重出江湖了嗎？」

平常安靜迅速有效率的大律師事務所，因為卓元的出現而亂哄哄地鬧成一片，卓元沒有理會旁人投來的目光，徑直走進自己的辦公室中。

坐上久違的辦公椅後，卓元環顧四周，發現他每個月的租金沒有白交，辦公室被打理得乾乾淨淨、井井有條。

卓元看着桌上的文件冊，然後伸出雙手放在它的封面上摸了摸，指尖傳來熟悉的觸感，讓他長長地吁了一口氣。

他能感覺到，自己的心跳正在加速，血液正在奔騰。

香港頂尖家事法大律師之一，莫卓元，正蓄勢待發，準備復活！

名聲在外，卓元重出江湖的消息很快便傳遍整個業界——也多虧了梁公子到處宣揚——消息一出，頃刻之間生意已馬上一宗接一宗的上門，讓卓元幾乎忙不過來。

不過同一時間另一個小道消息卻又傳得甚囂塵上，那就是重出江湖的莫卓元大律師拒絕了所有星期一的邀約和會議，甚至在案件需要押後再排期聆訊時，他會向法庭書記要求「Not Monday」……

更有不只一個人聲稱曾在星期一碰見莫卓元大律師穿着便服與一名帶着狗的年輕女子在太安樓附近吃晚飯——種種跡象顯示，這名女子與莫卓元關係非淺！

大家猜猜，最關心卓元感情生活的人是誰？是他的前妻？是利雅妍大律師？錯了！是梁迪偉梁公子！

某個風平浪靜的星期五傍晚時分，當卓元剛從律師樓離開之際，梁公子的橙金色賓利馬上以迅雷不及掩耳的速度攔在他面前。

梁公子用眼神示意卓元上車。

卓元不知就裏地坐上了前座：「怎麼了？」

「到酒吧再說。」梁公子奮力踏下油門，賓利往蘇豪區方向疾馳而去。

疾馳不了兩個街口，賓利便遇上最強阻力——星期五下班繁忙時間的人羣與車龍——結果這部最大馬力高達五百五十四、時速可達三百一十八公里的轎跑車只能慢慢在車龍中蠕動向前……

本來沉着臉一言不發的梁公子，在面對長長的車龍時，終究忍不住煩躁起來，不斷拍打着方向盤。

「怎麼今天比平常還堵車啊！快點動啊！」

卓元冷眼旁觀了一會後，用淡然的語氣向梁公子說：「有事便快說吧，你不是那種能藏得住話的人。」

梁公子霍地把頭別過來死死的盯着卓元，眼神中帶着一絲陰鷙：「臭小子，這麼大的事你都不跟我說，你到底有沒有把我當作兄弟？」

卓元一頭霧水：「什麼大事？你是說那個爭奪撫養權的case嗎？」

「不是！臭小子你別裝傻了！你有『第二春』的消息已經傳遍整個中上環了，沒想到我還得從其他人口中才知道！害我昨晚跟行家吃飯時被他們問得啞口無言……你叫我這面子該往哪兒放？」

卓元張口結舌，眼睛睜得老大地望着梁公子：「你剛剛說……說我有什麼？」

「『第二春』啊！枯木逢春啊！大地回春啊！他們還說你在西灣河租了房子金屋藏嬌呢！」中文不怎麼好的梁公子竟能亂丟出一堆四字成語，可見他真的氣壞了。

提到「西灣河」的瞬間，卓元便立刻明白了，他們所說的是霍潔兒！而且不知是誰在胡說八道，竟把她當作了卓元的新女朋友！

卓元歎了一聲，剛開口解釋：「David，你誤會了……」——這時電話就響起了，卓元從衣袋裏掏出電話一看，心頭頃刻一震——是霍潔兒的來電。

她不會是隔空感應到我們在說她的是非吧……

卓元略帶心虛地按下了接聽鍵，儘可能維持平常的語氣：「霍姑娘你好，找我有事嗎？」

梁公子甫聽到「霍姑娘」這三個字，馬上把車停在路邊，並豎起耳朵傾聽。

「莫大狀！能請你立刻來牛頭角分區警署嗎？拜託！」

潔兒的語氣非常焦急，讓卓元瞬間認真起來：「警署？發生什麼事了？你還好吧？」

「不是我，是劉老先生出事了！」

卓元頓了一頓，腦中快速地搜索着有關「劉老先生」的資料，然後問：「是先前我轉介他女兒到『雅妍慈善基金』申請資助購買電動輪椅的那位劉老先生嗎？」

「是的！他現在人在牛頭角分區警署，能請莫大狀你來幫忙保釋他嗎？拜託！」

卓元眉頭一皺：「保釋？他被警察抓了？他幹了什麼？」

潔兒把聲音壓低：「他把電動輪椅開上龍翔道了，引起交通大擠塞……」

「什麼？」卓元聽得目瞪口呆，電動輪椅？上龍翔道？

「劉老太不敢把這事告訴女兒，只通知了我，現在她在警署哭成淚人，警方又一直不允許我跟劉老先生見面，所以只能拜託你了！」

卓元深深吸了一口氣，然後冷靜地吩咐潔兒：「你們什麼也別做、什麼都別說，我儘快趕過來。」

掛線後，卓元望向一臉好奇的梁公子，沉着聲音問：「兄弟，幫個忙，陪我到牛頭角分區警署辦個保釋可以嗎？」

梁公子嘴角微揚，二話不說便踏下油門，扭軚離開長長的車龍，徑直往東區走廊方向飆去。

卓元則趁機用智能電話搜索關於「龍翔道」、「輪椅」的消息，結果找到一堆網民上載的影片讓他直接傻眼。

生死時速！電動輪椅大戰九巴！

他一直在玩命！龍翔道輪椅伯極限飛車！

頭搖又尾擺！龍翔道輪椅飄移新境界！

卓元隨手點開了一段影片來看，影片看起來應是由坐在雙層巴士上層的乘客用手機從高角度拍攝的；片段中一個白髮稀疏、穿着深灰色外套和茶色燈芯絨褲、鞋踏一雙墨綠色仿Crocs塑膠涼鞋的老伯伯正「駕駛」着他的電動輪椅，在巴士旁死命向前飆，嚇得巴士司機連忙減速慢駛，然後老伯的電動輪椅成功超車——不，不只是超車，還切線到巴士前方！——影片的最後數秒，是老伯舉起勝利手勢漸漸遠去的身影……

另一段影片則是由計程車乘客從車廂後座拍攝的片段，只見一架電動輪椅在龍翔道往九龍方向的車龍間左穿右插、逢車過車！這神之操作簡直把整條龍翔道的所有司機都嚇呆了，只見各車都紛紛扭軚減速用盡洪荒之力避開這「公路炸彈」……

還有各種行車紀錄儀、路旁行人、大廈居民等從不同位置多角度拍攝的影片……「龍翔道輪椅伯」於短短兩小時之內已在網絡上聲名大噪，網民蜂擁留言討論，不少人都非常關心「輪椅伯」的最新情況，想得知他是否安好——如果不計他現在正身處牛頭角分區警署內，還可能會被控告的話，「輪椅伯」應該算是安好吧？

卓元放下智能電話，用拇指和食指揉了揉緊皺着的眉頭，梁公子適時開腔問：「情況很複雜？」

「前所未見，聞所未聞。」卓元輕歎一聲，從自己在某天晚上喝醉酒不小心在太安樓租了一間劏房開始說起……

當梁公子的賓利抵達牛頭角分區警署的停車場出入口時，潔兒早已站在一旁等候。

卓元見狀，立刻跟梁公子說：「我先下車去看看情況，你把車子停好後再來找我。」

梁公子點點頭，卓元便跳下車急步走到潔兒跟前：「掛線後至現在有沒有發生什麼新的狀況？」

潔兒搖搖頭：「但警方還是不允許我見劉老先生。」

「劉老太還在嗎？帶我去見她。」

「好。」

只見劉老太正坐在報案室等候大堂的深藍色椅子上，一臉茫然地抹着眼淚。潔兒領着卓元走到她的身邊，柔聲道：「劉老太，這位是莫卓元大律師，他是我的朋友，他來這裏是幫助我們的，你絕對可以相信他，明白了嗎？」

劉老太聞言，先抬頭看了看潔兒，然後順着她的眼神望向她身旁的卓元，頓時像是看到救星似的扯着卓元的衣袖向他哀求：「大老爺，求你救救財哥！我倆一起五十個年頭了，不容易啊！如果沒了財哥我也不想活了！嗚嗚……」

「劉老太，你先冷靜一點，劉老先生現在十分平安，不用擔心。」

卓元一邊用沉穩的聲音安撫着劉老太，一邊在她身旁坐下，並熟練地從黑色牛皮公事包中拿出了紙筆：「劉老太，為了幫助你的丈夫，我需要你把一切與劉老先生有關的資料全都告訴我，包括姓名、年齡、籍貫、學歷、家庭狀況、病史……所有你知道的事情，全都跟我說說，好嗎？」

半小時後，莫卓元大律師與梁迪偉律師獲准進入警署的會面室陪劉老先生落口供。警署的會面室裏有一張三角型的桌子，坐着電動輪椅的劉老先生佔一邊，兩位穿着便服的警員佔一邊，卓元跟梁公子自然就是坐在第三邊了。

甫坐下，梁公子便向劉老先生說明：「劉福財先生你好，我是梁迪偉律師，這位是莫卓元大律師，我們是受你太太委託來代表你的，你有什麼想問我們的嗎？」

劉老先生用茫然的眼神掃視了兩人一遍，然後搖了搖頭。

「好，律師來了，我們可以開始了吧？」其中一名警員指着掛在牆上的熒幕，熒幕上正播放着「輪椅伯」飛越龍翔道的片段，「劉福財先生，請問片段中這個坐輪椅的人是你嗎？」

劉老先生目光移向熒幕，端詳了好一會，然後點點頭：「那些車實在開得太慢了，所以我才超車啊！阿 Sir，超車前我有好好打指示燈，應該沒犯法吧？」

熒幕上的片段顯示，劉老先生口中所謂的「打指示燈」，就是往切線方向不斷揮動左手向後方汽車的司機示意……

這時另一個警員開腔：「根據影片和市民的報案紀錄，你是從啟業邨開始把電動輪椅駛到馬路上，再經觀塘道進入龍翔道，對嗎？」

劉老先生像是觸電似的整個人突然彈起：「龍翔道……對！我要去龍翔道觀景台！我答應了老婆要帶她到龍翔道觀景台看飛機的！」

「看飛機？那邊有飛機看的嗎？」

「阿 Sir 你太年輕有所不知了，飛機在降落啟德機場前會降低飛行高度，在龍翔道觀景台就能看到偌大的飛機『轟』的一聲在頭上飛過，非常刺激的，當初我就是在那兒追到我老婆的……」

「啟德機場？」兩名警員面面相覷，「劉先生，啟德機場老早就關閉了，現在的機場在赤鱲角，所以飛機再也不會經過龍翔道的了！」

「赤鱲角……？」劉老先生一臉疑惑。

這時卓元緩緩開腔：「警察先生，我的當事人半年前在政府醫院確診患上早期的『阿茲海默症』，這是『認知障礙症』的一種，他必須長期服用『多奈派齊』（Donepezil）……」卓元邊說邊把劉老太剛剛交給他的藥袋放到桌上，藥袋上清晰列明了醫院名稱、藥名和病人劉福財的名字，「基於我當事人可能因受到『阿茲海默症』的影響，對事情的判斷能力及對語言的理解能力下降，此刻無法確切地理解發生在自己身上的事情，因此我申請保釋我的當事人。」

「莫大律師，劉福財先生的行為嚴重影響了東九龍的交通，你知道堵塞龍翔道引起了多大的民怨嗎？」其中一名警員拿出智能電話按了幾下，然後把電話放到桌上，讓卓元跟梁公子看看社交媒體上一個有八萬人追蹤的「親切地問候東九龍交通關注組」裏的網民是如何留言的。

老天！平常觀塘坐巴士回屯門頂多兩個小時，今天我足足花了四個小時才回到家！「輪椅伯」太過分了！

每天下班時間，觀塘道到龍翔道會瘋狂塞車是常識吧？不過這不代表「輪椅伯」這種擾亂交通的行為可以被原諒！

道路炸彈！對其他道路使用者構成危險！要是其他電動輪椅使用者有樣學樣怎麼辦？必須嚴懲「輪椅伯」！

至於其他粗言穢語、惡毒咒罵自然不在話下，那一刻卓元真的慶幸劉老先生患有認知障礙，大概也不會看到這些來自網絡上的赤裸裸的惡意。

卓元還來不及反應，另一位警員便接着開腔：「而且警方可以根據《簡易程序治罪條例》第四項第八條『在顧及一切有關情況下，在公眾地方罔顧後果或疏忽地策騎或駕駛，或其策騎或駕駛的速度或方式會對公眾產生危險』對劉福財先生作出起訴，可處罰款五百元或監禁三個月呢！」

卓元聞言眉頭一揚，梁公子隨即拿起智能電話打字發訊息。

「所以警方現在要以《簡易程序治罪條例》第四項第八條起訴我的當事人了嗎？」

卓元冷冷地盯着兩個警員：「若否，我要申請保釋我的當事人。」

兩名警員先是交換了一個眼色，然後其中一名警員站起來離開了會面室。

留下來的那名警員解釋：「這事已經引起了公眾廣泛關注和網上激烈的輿論，因此我們要向上頭請示如何處理。」

卓元微微頷首，就跟梁公子一起坐在會面室內等待着；期間梁公子一直拿着智能電話發訊息，而劉老先生則望向掛在室內的時鐘喃喃自語：「七點多，該回家吃晚飯了……」

過了沒多久，一個穿着挺身制服的警司與方才那名離開的警員一同走進會面室，他的視線有意無意間掠過還捧着手機打字的梁公子，然後跟卓元說：「警方批准劉福財先生的保釋申請，條件是他必須在有人監管的情況下才能使用電動輪椅，並需於兩星期後再來警署報到。」

卓元點點頭，站了起來：「了解，那我們現在去處理保釋手續吧。」

豈料劉老先生突然向警司發難：「小子！我開車才不用別人來監管呢！你知不知道我是誰？結婚前我外號叫『龍翔道車神』！時速一百八十沒在怕的！整條龍翔道哪有人不認識我……」

大家都沒料到劉老先生會突然來這一鬧，會面室內頓時硝煙彌漫，警司臉上的神情瞬間僵住，還是卓元最先回過神，趕緊走到劉老先生身後把他推出會面室。

卓元離開後，梁公子也慢悠悠地站了起來，此時警司向梁公子點頭致意：「梁律師，請代我問候梁總理。」

梁公子客套地說了句「一定一定」，然後正眼也沒瞧那兩個小警員，頭一撇便昂然地走出了會面室。

保釋手續辦好後，卓元推着劉老先生回到報案室等候大堂，劉老太甫見到丈夫便激動地衝上前捉着他的手問：「財哥，你還好嗎？那些警察有沒有對你怎麼樣？有給你穿夠衣服嗎？有沒有冷着？餓了沒？要吃點東西嗎？」

卓元用眼神向潔兒示意先離開再說，於是潔兒領着劉老太、卓元推着劉老先生一起慢慢地步出警署；當卓元在警署門口正要問潔兒如何送劉氏夫婦回家之際，梁公子的橙金色賓利已「颯」的一聲停在四人面前。

梁公子從賓利下車，靠着車門問卓元：「要上車嗎？」

卓元看了他的賓利一眼：「你這車是兩門四座，既坐不下五個人，也放不下電動輪椅，我還是打電話找一輛七人車款的計程車吧！」

梁公子不置可否地聳了聳肩，這時潔兒趨前跟卓元說：「莫大狀，謝謝你的幫忙，我一個人送劉老先生和劉老太回家便可，不如你先跟你的朋友離開吧？」

「不用，我先叫車把劉老先生和劉老太送回家。」語畢，卓元也沒理會潔兒答不答應，直接走到一旁打電話叫車去。

剩下梁公子與霍潔兒沉默地互相對望。

梁公子率先開腔，他向潔兒伸出右手：「你好，我叫梁迪偉，是一名事務律師，也是莫卓元那臭小子的好兄弟。」

潔兒連忙伸出手與他相握：「梁律師你好，我叫霍潔兒，先前聽莫大狀提過你的名字……」

「對啊，多虧了你，我才不得不接下一堆每宗一百元的遺囑 case 呢……」梁公子饒有興味地打量着潔兒，「能讓莫卓元這樣幫你，你們的關係還真不簡單啊？」

潔兒臉上瞬間浮現出一層紅暈，她觸電似的縮回手，並垂下頭避開了梁公子的視線，然後從衣袋裏掏出自己的卡片遞上：「謝謝你今天的幫忙，費用方面，賬單請郵寄到這個地址……」

梁公子伸手接過霍潔兒的卡片瞄了一眼，頓時失笑：「耆光社老人中心？這種小型的社福機構付得起律師費嗎？」

「不足的部分，由我私人支付。」潔兒抬起頭，眼神堅定地說。

「你……」

當梁公子張口正要說些什麼的時候，卓元回來打斷了他的話：「霍姑娘，你別理會他的胡說八道，今天的律師費依舊是一百元，不過是梁律師和我各收一百元——跟平常不同，今天我是以『大律師』的身分來幫忙的，所以必須收費——這是行規，請你諒解。」

潔兒還來不及回應，梁公子已高聲嚷道：「什麼？一百元？一百元連付我車的油錢都不夠呢！」

卓元向梁公子淡淡一笑：「我把我的一百元也給你好了，那你便會有二百元來付油錢呢！」

梁公子幾乎當場氣死。

「臭小子！有異性沒人性！」

兩星期後，梁公子通知卓元，律政司決定以《道路交通條例》第三十八條「不小心駕駛」控告劉老先生；卓元聞言立刻撰寫了一封情理兼備的書面陳述向律政司申請「不提證供起訴自簽守行為」——劉福財先生本身並無案底、是次初犯且沒有構成傷亡、之後在家人照顧下重犯機會甚低，加上他年事已高並患有早期「阿茲海默症」需定期覆診……

所謂「不提證供起訴自簽守行為」，就是律政司有權根據《太平紳士條例》，於被告未獲定罪的情況下，要求他簽保守行為。通常在辯方作出書面陳述要求律政司以「自簽守行為」方式處理案件後，若控方同意且獲得法庭批准，被告只需提堂時在庭上承認控方準備的案情，承認所犯過錯及接受告誡，並向法庭承諾守良好行為，法庭就會頒令要被告守行為一至兩年，而案件基本上到此為止。

事情進行得很順利，梁公子不久後便收到律政司回覆的書面通知，表示接納以「自簽守行為」的方式處理劉福財先生的案件，卓元終於鬆了一口氣。

「龍翔道輪椅伯」事件告一段落後，潔兒主動聯絡卓元，表示想請他和梁公子一起吃頓晚飯聊表謝意；卓元跟梁公子提起這事時，梁公子二話不說便答應了。

「未來嫂子邀請我吃晚飯，怎能不去！」

卓元翻了個白眼：「就跟你說了我和她只是朋友關係！」

「現在還只是朋友關係，再相處多點時日就會變成『第、二、春』了！」梁公子故意用誇張的口型揶揄卓元，還豎起食指在他眼前晃動：「枯木逢春啊！大地回春啊！草木皆春啊！一年之計在於春……」

卓元只能被這個中文不好卻亂用成語的好兄氣得乾瞪眼。

不過卓元「復仇」的機會很快便來臨了。

「為什麼要到這麼遠的地方吃飯？到處都沒地方泊車，很麻煩啊！」剛剛因為在太安樓附近一直找不到停車場而被逼把車子泊到老遠的梁公子一邊抱怨，一邊跟在卓元身後走着，「我們到底要去哪兒吃飯？這附近有米芝蓮餐廳嗎？我怎麼都不知道？」

卓元一直笑而不語，直到抵達目的地後，他才微笑着指了指建築物的入口。

梁公子眼睛睜得老大：「西灣河街市及熟食中心？你是在跟我開玩笑吧？」

卓元一把搭住梁公子的肩膀，用一種高深莫測的語氣道：「正所謂『大隱隱於市』、『高手在民間』，真正的廚藝高手往往潛藏於鬧市之中，披上平民的外衣，靜候着吃得出那不凡味道的知音人……」

梁公子被卓元一頓話説得一愣一愣的，他眨了眨眼睛，一臉疑惑：「這種地方會有隱世廚藝高手？……你在唬弄我對吧？」

卓元大笑：「對，我騙你的，那你還要進去嗎？」

梁公子用力地一點頭：「當然要進去，畢竟是未來嫂子請客，這面子必須給！」

其實，潔兒本來想請二人到酒店吃自助餐的，但卓元考慮到那個把文華東方、四季酒店當成自家飯堂的梁公子大概不會喜歡吃一般酒店的自助餐，於是提議到太安樓附近的「西灣河熟食中心」讓梁公子嚐嚐大排檔的風味，潔兒同意了。

兩人走進熟食中心，從未進過街市的梁公子還十分好奇地左瞧瞧右看看；卓元領着他拐了幾個彎後，來到了一整排店子都是食肆的地方；幾乎每間食肆門口都佈置了十多張鋪着綠色桌布的圓桌及一定數量的椅子，每張桌上都放着玻璃杯子、小飯碗、筷子等餐具。

潔兒正在其中一張桌子坐下，甫瞥見卓元的身影便向他們揮手示意：「我在這兒！」

卓元和梁公子好不容易才穿越了擠擁的「飯桌陣」來到潔兒面前坐下，這邊廂連椅子都還未坐暖呢；那邊廂一個穿着白色外衣的夥計已把裝滿熱茶的塑膠茶壺和一隻很大的空湯碗放在桌上。

潔兒雙手拿起用塑膠膜套着的餐牌遞給梁公子：「梁律師你看看有什麼想吃的？這兒的海鮮我嚐過幾遍，質素相當不錯，如果你喜歡吃海鮮的話可以試試看。」

梁公子接過餐牌後沒翻了幾頁，視線便被把茶倒進碗中清洗餐具的潔兒所吸引：「你在幹嗎？」

潔兒一邊把卓元和梁公子的餐具都一併清洗着，一邊漫不經心地回答：「洗餐具啊。」

梁公子一臉認真：「小時候我看電視劇時便一直有這個疑問——餐具使用後，餐廳應該會負責清洗的吧？放到桌上的餐具，理應是乾淨的，那為什麼演員還要再用熱茶燙一遍呢？——以前我還以為是劇集亂演，想不到是真的啊！到底為什麼要自己洗一遍餐具呢？」

潔兒有點不知如何應對：「那個……我也不知道為何要這樣做，大概是一種約定俗成的習慣吧？」

梁公子歪着頭想了想：「約定俗成啊……所以其實大家都默認餐具不乾淨嗎？」

「這個……」

正當卓元準備開腔打圓場之際，此時白衣夥計再度出現，手中拿着紙筆問：「老闆想好要吃什麼了嗎？」

梁公子雙手一拍合上餐牌往桌上一放，胸有成竹地對夥計說：「來一條蒸魚吧！你們有海東星嗎？」

「沒有。」

「海瓜子呢？」

「也沒有。」

「那三蘇呢？」

「都沒有。」

「那你們有什麼魚？」

「沙巴躉、鱲魚、盲槽、石蚌。」

梁公子望向卓元。

卓元搭腔：「薑蔥蒸石蚌吧。」

「好的，薑蔥蒸石蚌，還要別的嗎？」

梁公子想了想，問：「有鮑魚嗎？」

「有。」

「那來個網鮑炆鵝掌吧！」

「沒有日本網鮑，只有南非鮑和大連鮑；沒有鵝掌，但有冬菇炆鴨掌，要不？」

「嗯，南非鮑也不錯，能做成冰鎮刺身嗎？」

「不能，但可以用果皮豉油清蒸。」

梁公子的眼神訴説着他的萬念俱灰：「好的，那就要這個吧……」

深諳梁迪偉那公子哥兒脾性的卓元趕緊在他發脾氣前插嘴解圍：「霍姑娘，我跟David每人都已經點了一個菜，你也來點一個吧！」

潔兒會意，連忙跟夥計説：「那再來一個避風塘炒蟹吧！然後……再加一個雞油白菜，謝謝！」

夥計下完單之後便離開了，這時一個穿着不算性感、年紀還有點大的「啤酒妹」走到梁公子身邊，嬌聲嬌氣地問：「老闆們，要不要來瓶啤酒？」

心情仍未平復過來的梁公子斜睨了她一眼，戲謔地說：「來瓶啤酒當然沒問題，可是小姐姐你不夠漂亮……」

卓元幾乎是用撲的按着梁公子的肩膀阻止他說下去，接着別過頭向「啤酒妹」露出一個客氣的笑容：「麻煩你給我們一瓶啤酒，謝謝。」

在「啤酒妹」走開後，卓元壓低聲音向梁公子說：「這兒跟蘭桂坊不一樣，你別亂說話，我還想活着走出這個門口好嗎？」

梁公子一臉委屈的看着卓元：「可是她真的不夠漂亮嘛！未來嫂子比她好看多了！」

潔兒聞言猛地坐直了身子：「未來嫂子？」

卓元急忙解釋：「你別聽他亂說，這小子還未喝酒就開始醉了……」

「我才沒醉！」

三人就這樣吵吵鬧鬧了好一會，沒過多久，冰凍的啤酒和熱騰騰的小菜便陸續上桌了。

剛煮好的小菜冒着氤氳的熱氣，香氣四溢，讓人食指大動，連本來還怏怏不平的梁公子也霎時忘掉了剛才的不快，拿起筷子就開始夾菜，大快朵頤的吃了起來。

卓元和潔兒彼此交換了個眼神，像是心照不宣般微微一笑。

酒過三巡，已經獨個兒喝掉了兩瓶啤酒的梁公子忍不住來回掃視着卓元與潔兒兩人，只見他們無論相處還是對話都有一種「相敬如賓」的客氣感覺，看得梁公子非常煩躁。

於是按捺不住的梁公子率先開腔：「霍姑娘，我跟你說件關於這臭小子唸書時發生的糗事吧！」

「我唸書時哪有什麼糗事⋯⋯」

卓元還來不及阻止，梁公子便自顧自的開始説道：「話説當年我跟莫卓元在香港大學唸法學士的時候，我們都住在同一個男生宿舍，而那個男生宿舍有個傳統，那就是每年聖誕都會邀請相鄰女生宿舍的同學來參加聖誕舞會。我記得那一年莫卓元被學長安排去調製舞會喝的雜果賓治，結果出事了，舍監還把我們全都罵了一頓呢！」

潔兒饒有興味地聽着：「出事了？是食物中毒嗎？」

「不，話說舞會規定了不能提供酒精飲料，所以那個雜果賓治只是由果汁、汽水、薄荷和雜果粒調製而成的無酒精飲品——理論上是這樣。」

「可是當我把雜果賓治調好之後，David 這傢伙就故意走過來找了個藉口把我支開。」卓元淡淡地補充，「不過支開我的不只是他，另外還有幾位學長也曾走過來喚我到別處幫忙，所以我當刻並沒有想太多，直到派對開始，我把雜果賓治分發給舞會的參加者後……」

「大家喝下雜果賓治後過了沒多久，有一部分前來參加舞會的女生開始腳步蹣跚、走路踉踉蹌蹌的，連舞步都跳錯，更有些女生直接坐在地上精神恍恍惚惚……這時莫卓元一臉嚴肅的走過來問我：『你是不是把什麼東西加進雜果賓治了？』我聳聳肩就把藏在褲袋裏的那個威士忌酒辦掏出來給他看，豈料我這邊廂剛把那個小空瓶拿出來，那邊廂好幾位學長便同一時間發出驚呼聲，我們回首一看，那幾位學長手中都拿着不同品牌的酒辦空瓶……所以那羣女生等於喝了好幾杯雞尾酒，難怪全醉倒了，哈哈哈哈！」

潔兒沒有笑，她望向卓元：「最後那羣女生還好嗎？」

卓元認真地回答：「我一發現他們在飲料摻酒後，便立刻把雜果賓治拿到洗手間全倒了；然後大夥跟沒喝醉的女生一起扶那些已經醉倒的女生回宿舍，幸好翌日酒醒後她們全都沒有大礙，不過女生宿舍的舍監還是大發雷霆，要我們舍監徹查這件事，好給她一個交代。」

梁公子指着卓元：「我最佩服他的是，無論舍監怎麼逼問他，他都堅持自己毫不知情，加上能作為證據的雜果賓治都沒了，結果此事就不了了之……不過事後他跟我發了一頓脾氣就是了。」

「莫大狀生氣是應該的。」潔兒正色道，「難道你就沒有想過，萬一女生當中有人對酒精過敏的話，事情可能會變得一發不可收拾嗎？」

梁公子被潔兒一番搶白説得啞口無言，餐桌上的氣氛瞬間降到冰點。

在整個氣氛都僵住的情況下，冷不防卓元倏地説了一句：「我想説個笑話。」

「在十九世紀六十年代的英國，『支票』這種付款方式剛被發明出來的時候，並不像現在那樣是由銀行印製『支票簿』給客戶使用的，客戶只需找任何能寫字的東西並且在上面寫下支付對象、銀碼和簽下自己的名字便可。某天，有個人不滿稅局所評定的稅款，可是又不能不交稅，於是他忽發奇想，在一頭白色的牛身上寫下了『支票』，再把牛牽去稅局要他們簽收……」

梁公子瞠目結舌地盯着卓元，白眼幾乎翻到後腦勺去——兄弟，現在可不是大學講課啊！也不是學術研討會啊！泡妞時說這種連北極熊都能活活冷死的冷知識真的好嗎？

「哈哈！真虧那個人能想得出來！那稅局有收下那頭牛嗎？不，牛本身也值錢的，所以稅局不能把整頭牛沒收啊！快說快說，之後稅局如何處理那頭牛？……」

看到潔兒那燦爛如花的笑靨，以及卓元一本正經在說「法律笑話」的模樣，梁公子只能摸摸鼻子苦笑——這兩人，還真是天生一對啊……

酒足飯飽之後，喝了酒的梁公子又叫了代駕司機來開他的賓利，他本想邀請潔兒上車並順道送她回家，卻被潔兒以「我家在附近」為理由婉拒了。梁公子目送着潔兒漸漸遠去的背影，意有所指的跟卓元說：「你說得對，不一定是米芝蓮餐廳的珍饈百味才是上等佳餚，平民菜式也有它別具一格之處；正所謂『高手在民間』，真正的好女人往往潛藏在鬧市之中，披上平凡的外衣……」

卓元狠狠地瞪了他一眼：「滾回去你的文華東方！滾回去找你的女明星和模特兒！」

但世上沒有不透風的牆，經「龍翔道輪椅伯」這麼一鬧後，莫卓元的「大律師」身分已然曝光；尤其在鄰里關係較為緊密的社區中，「太安樓劏房裏住了一個大狀」這傳聞更是不脛而走，消息一傳十、十傳百，結果即使沒有潔兒安排，也開始有一些人直接跑來B房叩門找卓元幫忙。

大部分來叩門的人其實都不貧窮，只是捨不得花律師費，因此想來蹭個免費的法律服務而已……卓元拒絕再三，這些人仍絡繹不絕的出現，結果卓元不勝其煩，乾脆搬回去太古城的家，僅在每個星期一的下午才出現在太安樓的劏房裏。

這時潔兒已經學會了撰寫各式各樣的申請信，只剩下遺囑或法律相關的個案需要卓元幫忙。

「薛婆婆所居住的大廈已有五十一年樓齡，早前收到屋宇署通知需參加『強制驗樓計劃』，可是那座大廈業權分散，部分業主甚至不在香港，其餘業主又多是像薛婆婆這樣的長者，所以現在他們都感到十分徬徨，不知所措。」

「驗樓需要很多錢，我們這羣老人家真的拿不出來……然後那個什麼房屋署又寄信來說要控告我們，我們真的走投無路了……請大狀幫幫我們！」

薛婆婆一臉愁苦的嗚咽着，潔兒輕輕拍了拍她的手背表示安慰。

莫卓元坐在他那張三呎半牀的牀邊，全神貫注地翻閱着薛婆婆帶來的信件。

良久，他抬起頭問潔兒：「他們沒有成立業主立案法團？」

潔兒搖搖頭：「沒有。」

「那麼，第一步，他們先要成立業主立案法團。」

「可是那幢大廈業權分散，要湊夠足夠數目的業主並不容易，逐一去說服業主也是很花時間……」

「不用那麼麻煩，直接去東區民政事務處找負責管理那街道的民政事務專員吧。民政事務專員的其中一項職責便是協助業主成立業主立案法團，你現在先打電話去問一下需要什麼文件和手續，之後再按他們的要求一步步處理。」

「好的。」潔兒當即掏出智能電話搜尋了東區民政事務處的電話號碼，然後馬上撥打過去。

在經過無數的語音轉駁和漫長的等待後，薛婆婆終於能跟負責她那條街道的民政事務專員說上話；薛婆婆剛道明來意，專員就不耐煩地打斷了她：「你知不知道我手頭上有多少幢大廈都在成立業主立案法團？每個業主一開始都總是信誓旦旦的説這事非常緊急、會全力配合我們，但往往開了沒幾次會後，就開始一個接一個的失去聯絡；好不容易聯絡上了，便跟我說工作太忙、身體不好，總之就是沒有時間開會……薛女士，成立一個業主立案法團需要花很多時間和精神的，不如你考慮清楚再找我，好嗎？」

薛婆婆還來不及反應，專員便已掛線。

一旁的潔兒抬頭望向卓元，卻見他早已揮筆疾書寫了滿滿一頁紙。

卓元把那封英文信往薛婆婆方向一推，並遞上一枝筆：「薛婆婆，這封是正式向民政事務專員申請協助的信件，請你在這兒簽個名字好嗎？」

取件。

薛婆婆巍巍顫顫的在信件上簽名後，卓元旋即打電話召喚他事務所的辦公室助理前來

站在B房門口的卓元用萬字夾把一張百元大鈔夾在信上，然後交給趕來的助理，淡然地吩咐着：「立刻把這份文件送到中環的梁氏律師行，請梁迪偉律師馬上把這份文件以『律師介紹信』的形式傳真至東區民政事務處，記得跟他說這是急件。」

助理縱然有點不理解為何莫大狀會出現在太安樓的住宅範圍，但他也沒多問，接過文件後便迅速離開了。

卓元悠然地走回B房，一派輕鬆地對房間內的兩人說：「不如我們先去喝個下午茶？」

個多小時後，潔兒的手機響起，是剛才那位民政事務專員打來的電話。

「薛女士你好，我收到你傳真來的信件了！我仔細想過了，你不但打電話來跟我商談，還寫信跟我解釋你的情況，證明你真的非常有誠意去成立業主立案法團！因此我已經列印了詢問各業主對於成立法團有何意向的信件，並委託同事到你所居住的大廈派發！只要收集到足夠數量的回信，我們便可以聯絡那些有意成立法團的業主召開第一次會議！請

問薛女士你對這樣的處理方式還滿意嗎？」

薛婆婆有點在狀況外：「那個……好的，謝謝你的幫忙。」

「不客氣！協助居民是我們的職責！如有進一步消息歡迎隨時致電給我喔！」

掛線後，潔兒望向卓元，露出了無奈的苦笑：「好一個前倨後恭，讓我深切地體會到『律師』的威力啊……」

卓元還來不及說什麼，他放在桌上的智能電話熒幕便乍然發亮，顯示梁公子傳來了新訊息；卓元點開訊息一看，只見梁公子發了一串長長的鍵盤符號亂碼給他，真切地反映了梁公子此刻的心理狀況。

「別嘮叨，下次買瓶威士忌請你喝。」卓元回覆了這一句後，便挪開電話鎖上熒幕，微笑着聳聳肩，繼續怡然自得地喝他的黑咖啡。

堂堂大律師卻願意幾近無償地幫助有需要的基層，這算是偉大嗎？卓元倒不覺得。他覺得自己不過是用綿薄之力點亮了一盞又一盞的燈，既照亮了基層，也照亮了卓元自己的心。

可是卓元忘了，不是每個人都像他一樣知足不辱、知止不殆的。

隨着知道莫卓元大律師身分的人愈來愈多，前來嘗試濫用他這份善意的人也愈多。

有一次卓元在太安樓附近的茶餐廳喝着下午茶時，一個七十多歲的老伯伯突然趨前坐下，說有些法律問題想徵詢他的意見；卓元還沒答應幫他，老伯已經立即從他的背包中拿出了一個厚疊疊的文件夾：「這是大廈公契，能請你幫忙看看，再給點意見嗎？」

卓元嚴正地拒絕了，並建議他循正式途徑去聘任一個事務律師去處理大廈公契的問題，可是對方不依不饒的糾纏着，最終卓元只能放棄他的下午茶時光提早結賬離開。

又有一次，卓元在出入B房時偶遇到王太，先前卓元曾幫她的孩子寫信「叩門」入讀心儀的小學；王太甫看到卓元便露出無比燦爛的笑容，熱情地向他打招呼：「莫大律師你好！」

卓元禮貌地微笑着點點頭，王太打蛇隨棍上的說：「莫大律師，不瞞你說，我家孩子進了那間名校就讀後，成績一直跟不上，尤其是英文科幾乎沒及格過——你是大律師，英文應該很好的吧？可不可以幫我家孩子補補習？費用方面，你意思意思收點就好……」

「可以啊。」卓元一口答應，王太頓時喜上眉梢。

「我的收費是一小時一萬元，看在大家是街坊的情分上算個八折，如果你能湊夠八個小孩的話，那每個家長只需付一千元便可聘用我幫他們的小孩補英文了！是不是很化算呢？」

王太的臉色遽然變得極度難看：「什麼？小學一年級的英文對你來說是舉手之勞吧？他還只是個孩子啊！你這麼有錢，卻連幫孩子這種小事都要斤斤計較？真小器！怪不得人家常常說律師是吸血鬼、見錢眼開、死要錢……」

適逢潔兒抱着加菲來找卓元一起吃晚飯，正好碰見王太不斷辱罵他的這一幕，她馬上衝前擋在王太與卓元之間：「你別太過分！補習就去找補習老師，別來找大律師！還要人家不計較錢？好啊，你快到外面找找看有沒有補習老師願意免費幫你孩子補習啊！沒事別來打擾莫大狀，人家沒欠你的！」

「汪汪汪！」

潔兒愈罵愈激動，連帶懷中的加菲也不斷向着王太吠叫，卓元好不容易才連人帶狗拖進B房，還倒了杯水給潔兒，好讓她冷靜下來。

「那些人真的太過分了！」坐下喝了幾口水後，潔兒依舊憤憤不平。

「汪！」

卓元坐在牀沿，別過頭看了一會窗外的景色，接着一字一句徐徐地吐出他的決定：

「我想，也該是時候中止我們的『星期一協議』了。」

驀然回首，只見潔兒一臉錯愕，然後眼眶瞬即紅了。

「為什麼？就因為剛才那個女人罵你？」

卓元望着潔兒，輕歎一聲，把自己從離婚開始直至如何誤打誤撞租了劏房，再如何因一時心軟開始幫人，結果莫名其妙成了「太安樓傳說」的經過，鉅細無遺地向潔兒娓娓道來。

「離婚時的我被『法律』傷得太深，我一直想不明白，為何曾經引以為傲的法律知識，會在某天突然倒戈，反過來成為傷害自己的武器；我迷失了整整一年，除了自己的離婚文件，我不敢觸碰任何跟法律有關的事情，因為我害怕，法律會再一次奪走我所珍視的東西，我的家……直到我在這兒遇上一對有困難的老夫婦，我運用『法律』幫他們脱困後，我才發現『法律』不一定是傷害他人的『劍』，也可以是保護弱者的『盾』，只視乎它落在誰的手上，又被如何運用……所以我決定要運用自己的法律知識去幫助那些弱勢市民、貧苦基層，來證明我唸了這麼多年的法律，是有意義的……」

潔兒神情複雜地聽着卓元的心路歷程，抿着嘴一言不發。

卓元微微一笑，墨黑的瞳孔看進了潔兒的眼睛：「跟你一起在每個星期一幫助有需要的人，是我做過最有意義的事，讓我重拾了對『法律』的信心，這半年我真的過得非常愉快，可是……我終究還是低估了人性的醜惡，結果不得不提早中止『星期一協議』，真是非常遺憾。」

潔兒嘗試露出一個得體的笑容，可是無論她怎樣用力拉扯着嘴角也總是提不起那個上彎的弧度；她又嘗試努力地不讓自己眨眼睛，因為只要一閉眼，透明的淚水便再也攔不住涔涔而下。

「所以……我們不會再見了？」

「霍姑娘你別誤會，我並不是停止幫助別人，只是不再固定在每個星期一出現在這個劏房裏；如果我繼續留在這兒，像剛才王太那樣的人必定會愈來愈多，結果連累真正有需要的人得不到援助，因此，最好的解決辦法便是由我主動離開這個劏房……反正你也有我的聯絡方式，假若將來有任何法律上的問題需要我協助，你打個電話給我就行。我一定不會推卻的，我答應你。」

潔兒別過頭避開了卓元的視線，並彎下身把加菲抱在懷中；不明就裏的加菲抬頭看着潔兒，發出了低沉的嗚嗚聲。

沉默片刻後，潔兒終於緩緩開腔：「先前你不是說過社工是一份吃力不討好的工作嗎？那時我還跟你說只要自己做到問心無愧便足夠了……」

卓元點頭：「對，你真的很堅強。」

「其實每天這麼努力去幫人還得捱罵、被投訴，怎麼可能不會心灰意冷？」潔兒昂首望向卓元，眼中都是淚光：「當我看到真正有需要的人咬緊牙關拚命撐着，而那些明明有資源但貪得無厭的人卻跑來要這要那，我怎麼可能不動搖？怎麼可能不質疑自己這份工作的意義？」

卓元的身子微微晃動了一下，像是想上前安慰卻又不敢跨越某道界線似的。

「可是當我遇上你，堂堂大律師卻願意倒貼時間和金錢去幫助有需要的人，這半年來看着你盡心盡力為基層付出，讓我重新相信人性的美好，相信這世上還有好人。」

潔兒擦了擦眼睛，續道：「真正的好人，是那些即使經歷了人性的醜惡，卻仍然選擇擁抱善良的人；真正有節操的大狀，是那些即使明白『法律』作為武器是多麼強大，卻仍然選擇使用它去保護弱者的人——例如，你，莫卓元大律師。」

「我——我喜歡你，我也不知道從什麼時候開始，就悄悄喜歡上你了……」

潔兒突如其來的告白，讓卓元被殺了個措手不及，內心極度動搖的他只能下意識的拒絕：「我離過婚。」

「我知道。」

「我年紀應該比你大……差不多十年？」

「我不在意。」

「我這個人除了看書沒什麼其他愛好，是一個非常沉悶的人。」

「我不覺得。」

面對着潔兒那真摰而堅決的眼神，卓元不得已，只能以手扶額歎一口氣。

「潔兒，我曾經在一段感情裏毫無保留地掏出我的真心，結果反被對方傷得支離破碎，而那顆心此刻仍未重新黏合；是我還沒準備好接受新的感情，所以如果今天我答應你的表白，那便對你太不公平了，你明白嗎？」

聽完卓元這番誠懇的剖白後，潔兒垂下了頭，用幾近自言自語的音量輕聲道：「對不起，給你添麻煩了。」

語畢，她站了起來，抱着加菲頭也不回的離開了B房。

剩下卓元留在劏房內，遠望着窗外的霓虹與萬家燈火。

第四章——遺囑

「我媽還有多少資產？」

「無可奉告。」

「我媽打算把財產怎麼分？是平均分為三份還是有大有小？」

「無可奉告。」

無論三個人怎麼旁敲側擊，卓元一律不為所動，沒有透露任何口風。

由於卓元早已預繳了一年租金，所以即使他搬回太古城居住，太安樓的B房仍沒有退租，卓元甚至沒有把劏房內的東西拿回太古城的家，任由這間劏房和它相關的一切都塵封在回憶之中。

上次一別之後，潔兒再也沒有跟卓元聯絡；雖然卓元現在已無需再刻意保留星期一的空檔，但他還是會習慣性地不在星期一安排任何會議或庭審；每逢星期一卓元都會坐在辦公室裏嘗試找些事情去填滿自己的時間，例如看法律文件、法律期刊、法律書籍……

內心彷彿輕鬆了不少，卻又隱隱然像是失去了什麼重要的東西，總覺得心裏很空虛。

這樣過了個多月後，梁公子終於看不過眼，直接跑過來找卓元說話：「最近怎麼都沒有那些一百元的遺囑 case 了？」

「沒了。」

「沒了？怎麼會沒了？」

「怎麼了？」卓元反問：「你之前不是一直吵吵嚷嚷說不想接這些 case 的嗎？」

「這當然，一百元連付公司的電費都不夠！……可是近來沒什麼案子，我看着旗下的兩個見習律師實在很閒，作為一個付他們薪水的刻薄老闆，我當然想多找點東西給他們做做，例如那些一百元立遺囑的 case⋯⋯未來嫂子最近沒找你嗎？」

卓元煩躁地一揮手：「都說了我跟她只是朋友關係！」

梁公子意味深長地看着卓元：「有時候，兩個人的關係，不是用一句說話來決定的，而是用一顆心來決定的。你撫心自問，難道你就沒對霍潔兒有一點點動心嗎？」

卓元語塞。

他一直抑壓着自己不去思考這件事，逃避着不去想清楚自己對潔兒的真正感受，結果卻被梁公子一語道破。

原來，那個會因為自己的法律冷笑話而笑得花枝亂顫的女孩，早已不知不覺地走進了卓元的心中。

他，喜歡她。

這時卓元的電話響起，他看了一眼手機熒幕上顯示的號碼，身體陡然一震——是霍潔兒的來電。

「喂？莫大狀你好，我是霍潔兒。我最近遇上一個非常棘手的個案，請問你有時間談一談嗎？」

兩人約在太安樓附近的星巴克咖啡店見面——對，就是他們最初定下「星期一協議」的地方——卓元比約定時間早十分鐘抵達時，卻發現潔兒早已坐在角落的位置。

個多月沒見，潔兒的頭髮彷彿長了一點，但她沒有把頭髮紮起來，仍是任由它們隨意地披散在雙肩上；她清減了一點，讓金絲圓框眼鏡後的眼睛顯得更大，不過同時黑眼圈也更深就是了；是日她穿了淺褐色的套裝配白色圓領襯衣，臉色看起來更見蒼白，略顯憔悴。

潔兒微笑着向卓元揮揮手，卓元徑直走到她跟前坐下。

「熱的黑咖啡，一包糖，對吧？」潔兒拿起錢包就站起來往收銀處方向走去。

卓元看着潔兒的背影，深呼吸了一口氣，盡力讓自己保持平靜。

咖啡買回來後，潔兒開始進入正題：「最近我去探訪老人院時遇到一個婆婆……」

作為外展社工，潔兒偶爾會到老人院去探訪那些申請了「入住安老院舍津貼」的老人家，了解一下他們是否適應老人院的生活，或者在院舍有沒有受到不合理的對待。

事情發生在潔兒剛探訪完何婆婆準備離開老人院的時候，只見一個坐着輪椅的婆婆在院舍職員的阻攔下仍堅持要離開：「求求你們發發善心！讓我回家好嗎？我時間不多了，我想見見孫兒，求求你們！我不想死在這兒，我想回家！」

「勞婆婆，是你兒子把你送進來的，現在這兒就是你的家了！」

「不！我的兒子答應了會一直照顧我的！我還把老爺子留下的房子過戶給他了，他不可能把我送進老人院的！不可能！」

那位婆婆面容乾枯、骨瘦如柴，面對着數位精壯的院舍職員，最終還是敗下陣來，被職員勸服並推到窗邊，獃獃地看着窗外的風景發呆。

潔兒悄悄向何婆婆打聽：「那位婆婆怎麼了？好像很不開心似的？」

要知道，在老人院這種密集擠擁的環境下集體生活，其實每個人都沒有私隱可言，稍微發生了點小事也會傳得全院皆知，更何況那位勞婆婆鬧的動靜這麼大，幾乎驚動了全部的職員。

何婆婆壓低了聲音跟潔兒說：「她不是第一次鬧的了，剛進來的時候基本上每天都要鬧一次……聽說她兒子騙走了她的房子後，便把她丟進來任由她自生自滅；即使知道她患有末期癌症，卻一次都沒有來探望過她，說起來，她也是個可憐人啊……」

潔兒聽完何婆婆的解釋後，抬頭看了看窗邊那孤獨落寞的身影，躊躇了一下，然後毅然地邁步往窗邊的方向走去。

「我跟勞婆婆談了很久後，終於整理出事情的前因後果：勞婆婆本身住在北角的一個獨立單位，物業原本是由她和丈夫以『長命契』的形式共同持有的，早幾年她的丈夫去世後就變成由勞婆婆單獨持有；這時勞婆婆的兒子以照顧婆婆的名義舉家遷進單位裏居住，住了半年左右便以『會侍奉婆婆頤養天年』為條件，說服勞婆婆把物業轉讓給他……」

卓元插嘴：「簽的是『轉讓契』嗎？」

潔兒拿起智能電話按了張照片出來：「後來勞婆婆拿了一大堆東西出來給我看，我把其中的文件都拍照了，你看看是不是這個？」

卓元看了一眼：「對，這是『近親轉讓』的『轉讓契』，還可以獲得印花稅寬減呢，這兒子真是機關算盡。」

潔兒愈說愈激動：「豈料在勞婆婆把房子轉讓給兒子後沒多久，她便被診斷出患有末期肺癌，而那個聲稱會侍奉她頤養天年的兒子，竟然毫不猶豫地立即把婆婆送進老人院，還一次都沒有探望過她！勞婆婆自知剩下的時間不多，她問我有沒有辦法可以帶她回家，她想在最後的日子感受一下天倫之樂……」

卓元再次插嘴：「勞婆婆只有一個兒子？還是有別的子女？」

「她還有兩個女兒，兩個女兒都已經結婚了。我曾經代勞婆婆打電話給她們說明情況，可是當她們知道婆婆把房子轉讓給了唯一的兒子時，都非常生氣，覺得婆婆偏心、重男輕女，因此兩人都拒絕把婆婆接回家照顧。」

潔兒輕歎了一口氣：「勞婆婆跟我說，兩個女兒結婚後幾乎沒有回家看望過她，只有兒子一家逢年過節會陪她熱熱鬧鬧吃頓飯，所以她也不打算把房子要回來了，她只想回那個住了幾十年的家，跟兒孫一起度過餘下的時光。」

「這個難辦。」

卓元眉頭緊皺：「要是勞婆婆仍然是單位業主還好，但現在業主是她的兒子……」

「可是勞婆婆願意把房子轉讓給他的前提是，他答應侍奉婆婆頤養天年呀？現在兒子毀約了，勞婆婆不能把房子拿回來嗎？」

「但這個條件有寫進轉讓契裏嗎？沒有，對吧？法庭只看證據，沒寫進契約裏的條件又怎麼能算是毀約呢？」

「可口頭承諾不是也有法律效力的嗎？」

「雙方口頭協議的時候有沒有第三方見證？如果沒有，那不過是各執一詞罷了，兒子只需一口咬定自己沒有答應過這條件，我們也無可奈何。」

「怎麼會這樣？」潔兒沮喪地雙手抱頭，「難道就沒有辦法幫勞婆婆嗎？」

卓元看着一臉懊惱的潔兒，胸口也悶悶的有點難受。

「要不你給我一點時間，我回事務所查一查有沒有類似的案例，看看還有沒有其他辦法……」

潔兒抬起頭來往卓元一盼。

那雙清澈明亮的眼睛裏，帶着信任、希望和愛。

縱使卓元心中清楚勞婆婆的房子有很大機率拿不回來，但他還是翻了好幾天的案例，最終得出一個結論——這情況即使訴諸法院也可能要拖上好幾年才能解決——然而對於一個癌症末期的病人來說，她最缺的就是時間，勞婆婆等不了幾年這麼久。

苦惱萬分的卓元決定找梁公子一起 happy hour，順道把這件事的來龍去脈原原本本地告訴了他。

「這事情很容易解決啊。」梁公子邊說邊喝了一口威士忌加冰。

卓元揚眉：「容易？」

「是啊，叫那個老婆婆再買一幢新的房子，最好是三層複式的那種。然後把兒子女兒全部接過來一起住不就可以了嗎？」

卓元翻了一個大大的白眼：「梁公子！梁大少！請問人家一個七十多歲的婆婆哪來這麼多錢買三層複式的房子呢？你掏錢幫她買嗎？」

「莫卓元，你和未來嫂子在整件事中都搞錯重點了。」梁公子伸出食指左右搖動着，「你想清楚，問題真的在房子嗎？假如我買了一幢三層複式的房子借給婆婆暫住，難道那個婆婆的子女就會沒來由的主動跑過來探望她、關心她嗎？」

卓元不假思索地搖頭：「不會，除非他們以為那幢複式房子是屬於婆婆的。」

「對，可見這事情，打從一開始便跟業權無關。由始至終婆婆想要的只有兒孫的關心，而不是北角的那個破單位，所以我才說你跟未來嫂子都搞錯重點了。」

卓元對梁公子刮目相看：「沒想到，竟然是你把事情看得最透徹！」

梁公子聳聳肩又喝了一口威士忌：「因為我家有錢啊——那些為了蠅頭小利而勾心鬥角、死纏爛打的嘴臉，我看得還少嗎？」

「可是，這樣的話事情就更難辦了……」

正當卓元沉吟不已之際，梁公子的電話響了。

「什麼？又是那個女人？我不是已經明確拒絕她了嗎？她還在糾纏什麼？你跟她說，因為她上次差一點摔破我的乾隆粉彩花瓶，所以我、不、接、她、的、case！」

梁公子氣沖沖地掛上了電話，然後向卓元抱怨個不停：「你還記得大半年前，我有一個患了絕症的當事人在死後把三成遺產送給初戀女友大兒子的那件事嗎？」

「有點印象。」

「結果如我的當事人所願，丈夫一直懷疑大兒子不是自己親生的，和妻子鬧得雞飛狗跳，現在兩人決定要離婚了。」

「然後兩人現在要爭財產還是爭撫養權？」

「兩者皆是，最恐怖的是那個妻子不知為何一直非常執著的想找我代表她！我都不知拒絕多少遍了，她還是死纏不休！好可怕啊！」

「比起那個妻子，我覺得你的當事人更可怕啊，竟然在死後也能透過遺囑去操縱人心……慢着！」

卓元話到一半陡然停止陷入了沉思。

梁公子斜睨着他。

「等等！這說不定真的可行！」卓元抬眼望向梁公子，「David，我需要你的幫忙！」

「臭小子！儘管說，哪有一次我不幫的？」

「除了你之外，我還需要再找一個人。」卓元立刻拿起電話按下了某個電話號碼，「喂？利大狀你好，我是莫卓元，有件事想找你幫忙……」

當勞婆婆的三個子女在霍潔兒的帶領下來到位於港島南區的癌症康復中心時，不禁被眼前的景象嚇得瞠目結舌。

只見一座宏偉寬廣的建築物矗立在眼前，附近綠樹成蔭，環境清幽，怎麼看都是有錢人才負擔得起的地方。

「霍姑娘，我媽真的在這兒嗎？」勞婆婆的大兒子問道。

「是的，由於勞女士的身體狀況不適合繼續在老人院生活，因此她決定來這兒的寧養部接受舒緩護理。她也明白事出突然來不及通知你們，所以才拜托我跟你們聯絡。」潔兒一本正經地解釋着。

三名子女面面相覷，誰也不知道勞婆婆葫蘆裏賣的是什麼藥，只能跟隨着潔兒的腳步乖乖走進康復中心。

當勞婆婆的二女兒看到中心內部明亮寬敞、窗明几淨時，她忍不住問潔兒：「這兒的費用應該不便宜吧？」

潔兒微笑着回答：「還好，勞女士入住的只是普通單人房，所以比較便宜，每個月房錢加上護理費用，大約六萬元左右。」

三女兒聞言倒抽了一口涼氣：「我們可沒有這麼多錢！」

潔兒繼續微笑：「放心，費用已經繳清了。」

「繳清了？」

「會不會是老爸當年其實還留了一筆錢給老媽？」

「我怎麼知道！待會兒直接問老媽吧！」

三人一邊竊竊私語一邊走到勞婆婆的房間前，此時房內突然傳出一把男聲：「勞女士，我回去後會按照你剛才的意思草擬遺囑，如果你的身體狀況許可的話，下星期一梁律師會派人來接你到律師樓進行見證及簽署文件，你還有什麼想問的嗎？」

「沒有了，謝謝你，莫大狀、梁律師。」

「不客氣，那我們先走了。」

只見房門突然打開，身穿淺灰色威爾斯親王格紋西裝的梁迪偉律師先步出房間，穿着深藍色雙排釦西裝的卓元緊隨其後。當他們看到門外站了四個人的時候神情登時顯得有點錯愕，卓元見狀立刻迅速地把手中一個厚厚的文件夾塞進公事包裏，然後兩人頭也不回的轉身離開。

最先回過神來的是三女兒，她趕緊追上卓元，問：「我是勞美珍的女兒，剛剛我媽是不是找你立遺囑了？」

卓元木無表情地回答：「是的。」

這時大兒子跟二女兒都趕上來了，他們三人圍着卓元七嘴八舌地問：

「我媽是不是還有很多錢？」

「出於我當事人的要求，遺囑的內容在執行前不能公開，因此無可奉告。」

「我媽還有多少資產？」

「無可奉告。」

「我媽打算把財產怎麼分？是平均分為三份還是有大有小？」

「無可奉告。」

無論三個人怎麼旁敲側擊，卓元一律不為所動，沒有透露任何口風。

即使三人不依不饒的追着卓元來到了停車場，也只能眼睜睜看着梁公子和卓元跳上一輛橙金色的賓利轎跑車後絕塵而去。

三人又火速趕回勞婆婆的房間，直接質問她：「媽，你剛剛是不是找律師立遺囑了？內容是什麼？」

勞婆婆裝瘋賣傻：「遺囑？什麼遺囑？我不知道你們在說什麼。」

三人互相大眼瞪小眼，這時勞婆婆別過頭跟站在一旁的潔兒說：「霍姑娘，能麻煩你下星期一的下午過來陪我去個地方嗎？」

潔兒微笑着點點頭：「當然可以。」

勞婆婆的三名子女看再糾纏下去也不得要領，於是假意跟婆婆寒暄了幾句便一起離開了。

「這樣做真的好嗎？」勞婆婆問。

「放心吧，事情一定會順利的，你要相信莫大狀。」潔兒發自內心的微笑着。

果不其然，在下星期一的上午，三名子女各自帶了自家孩子過來探望勞婆婆。

「嫲嫲！」「外婆！」

勞婆婆笑逐顏開：「乖，都很乖，來，嫲嫲給你們看些有趣的東西。」

她打開了牀頭的抽屜拿出了三本厚厚的集郵簿：「你們爺爺唯一的嗜好便是集郵，這兒是他一生的心血，你們見過郵票嗎？」

只見三個年幼的孫兒都茫然地搖了搖頭。

勞婆婆每人分發了一本集郵簿：「來，打開看看。」

「嘩！好漂亮的畫！」

「小小一張的，好可愛！」

勞婆婆笑得很慈祥：「喜歡嗎？那一人分一本拿走吧！」

豈料其中一個外孫女搖了搖頭，立刻把集郵簿放回勞婆婆手裏：「媽媽說過，外婆死後所有東西都是屬於我們的，所以現在先不要了。」

勞婆婆臉上的笑容瞬間凝固。

三女兒聞言馬上衝前把外孫女拉走：「媽，童言無忌，回家後我會好好修理她一頓的，你別放在心上喔！」

勞婆婆不置可否，露出了一個牽強的笑容。

當潔兒在下午來到勞婆婆的房間時，發現她正與孫兒們一起吃着冰淇淋。

潔兒見狀有點擔憂地說道：「勞女士，你的身體不好，還是少吃點生冷的東西吧？」

勞婆婆倒是一臉豁達：「霍姑娘，謝謝你的關心，可是，反正我剩下的時間也不多了，多吃少吃一個冰淇淋有差別嗎？」

潔兒想想也是，也就沒有再勸止。

過了沒多久便有工作人員登門通知，前來接勞婆婆的車已抵達中心正門；於是護士在確認勞婆婆的身體狀況沒有大礙後，便由潔兒推着輪椅送她去坐車。

這時勞婆婆的三名子女不知從哪個角落裏冒了出來，吵着要一起去律師樓看遺囑。

潔兒沒有理會他們，徑直走向正門出口；三人正要糾纏個沒完沒了，豈料在看到門口停泊的車子時，他們竟嚇得後退了半步，瞬間屏氣歛息。

那是一架純白色的勞斯萊斯GHOST，極具代表性的女神車標正矗立在引擎蓋上閃閃發亮；純潔的白色，加上流線型的車身，處處散發出優雅的氣息；車子旁邊還站着一個穿了制服的司機，他一看到潔兒和勞婆婆便立即上前點頭示意：「老太太、小姐，午安。少爺吩咐我要把你們送到他的律師行，請上車。」

三名子女再次面面相覷，少爺？

這時二女兒瞄了一眼勞斯萊斯的特殊車牌，靈機一動，立刻拿出手機上網搜尋。

「這是梁國華總理的車！維基百科上面寫着梁總理的兒子是律師，會不會就是上次我們看到的那個人？」

「梁……梁總理的兒子幫我們的媽立遺囑？老媽到底有多少錢才能請得動他啊？」

大兒子與二女兒正討論得熱火朝天，冷不防三女兒驀地說了一句：「哥，既然你已經拿了房子，那老媽剩下的錢就別再跟兩個妹妹爭吧？」

大兒子愣了半晌，眼珠子咕碌咕碌轉了幾圈，然後惡聲惡氣地反駁：「一碼歸一碼，房子是老媽送給我的禮物，跟遺產沒有關係！如果老媽有遺產的話，我還是有權利去分錢的！」

三女兒向二女兒打了個眼色，二女兒會意：「大哥你總不能拿了房子又要拿錢，這樣做就太不厚道了！」

三女兒附和：「對呀！如果大哥你堅持要分錢，可以——但先要把房子拿出來分三份！我們每人一份！」

大兒子被兩個妹妹逼急了，臉色一沉，馬上翻臉發難：「做你的春秋大夢！房子是我的，跟你們一毛錢的關係也沒有！老媽的錢我也分定了，你們再吵我便叫老媽在遺囑上刪掉你們的名字！」

「你敢？」

「我是長子，家族財產本來就應該由我來分配！有什麼不敢的！」

「你試試看！我找律師告到天涯海角也要把你告死！」

「來呀！誰怕誰！」

三人初則口角，繼而動武，在癌症中心的正門前不斷推撞拉扯，把場面鬧得十分難看。

坐在勞斯萊斯內的潔兒和勞婆婆其實一直在車內回首觀察着三人的行為舉動，直至看到三人扭打在一起後，她們才回過頭來，勞婆婆還忍不住歎了口氣。

潔兒把手輕輕搭在她的手背，柔聲問：「會難過嗎？」

勞婆婆搖了搖頭：「不，早看透了。」

在勞婆婆於律師樓簽署正式的遺囑後，卓元和梁公子的「戲份」便告一段落了，剩下潔兒會定期到癌症中心探望勞婆婆，順道打聽一下三名子女的行徑。

據潔兒所述，三名子女都變得異常孝順，不但爭先恐後帶着配偶及孩子來探望勞婆婆，還搶着煲湯熬粥給婆婆吃，天天噓寒問暖，對婆婆關懷備至，簡直就是活生生從「廿四孝」故事裏穿越過來的孝子賢孫。

能夠在子女和孫兒的關愛中度過人生最後的時光，勞婆婆告訴潔兒，她已經了無遺憾。

卓元在電話裏聽到潔兒複述勞婆婆的說話時，不禁感慨萬千：「即使明知身邊人都是虛情假意，但至少在人生最後的路途上有兒孫相伴；從這個角度來看，其實勞婆婆已經比不少孤獨終老的人來得幸福了。」

「嗯，這次全靠你的計劃，以及利大狀和梁律師的幫忙，勞婆婆的心願才能順利達成，謝謝你們！」

「如果你要感謝 David 那小子的話，那就多介紹些一百元立遺囑的案子給他吧！前陣子他才跟我抱怨過他家的見習律師太閒，想多找點事情給他們幹呢！」

「……你的意思是叫我以後無需再找你，而是直接把有需要的個案轉介給梁律師嗎？」

卓元驀地發現自己好像説錯了話：「不，我不是那個意思！你當然可以先找我幫他們草擬遺囑！我説過，只要你有任何事情需要我幫忙，我絕不推卻！」

「……真的嗎？」

「真的！」

電話的另一端傳來潔兒的笑聲：「那，請問莫大律師今晚可不可以幫忙帶加菲去散步？」

「沒問題！」

半年後的某天，卓元收到了梁公子的電話。

「那個姓勞的婆婆前天晚上過身了，他的三個子女昨日便迫不及待去了生死註冊處申請『死亡證』，然後今天突然跑上來跟我說要分遺產……我跟他們說需要時間通知所有受益人才好不容易把他們打發走了。」

「那你通知了所有受益人了嗎？」

「算上你，就全部通知了。現暫定在下星期一下午三點於律師樓會議室宣讀遺囑——你能來嗎？」

正常來說，只有事務律師能去大律師的事務所，大律師是不能去事務律師的律師行的，不過卓元知梁公子已早作安排，於是他答應了下來：「沒問題，我能來。」

宣讀遺囑當日，梁氏律師行的會議室真是好不熱鬧：大兒子一家三口、二女兒和她的兒子、三女兒一家三口、霍潔兒、莫卓元合共十人，加上梁迪偉律師和見習律師，整整十二人在會議室內圍繞着長方形木桌而坐。

梁公子在眾人面前拆開了密封的遺囑，並把它遞向身邊的見習律師：「這次宣讀遺囑的工作就交給你了，我對於五千萬以下的遺產提不起勁去唸。」

只見三名子女的雙眼同時一亮：五千萬以下？那會不會也有三四千萬？

見習律師是一個年輕的男生，他接過遺囑後看了一遍，然後望向梁公子面露猶豫之色：「這個……沒弄錯嗎？」

梁公子一揮手：「沒，照唸就是！」

見習律師心虛地瞄了三名子女一眼，然後清了清喉嚨：「林勞美珍女士的意願很清晰，我簡單說一下重點。首先，林勞美珍女士指定霍潔兒小姐為她的遺產執行人；其次，勞美珍留下的遺產為港幣五元正，按照她的意願，遺產將平均分給林東權先生、林雨瀅女士、林雨馨女士、莫卓元先生及霍潔兒小姐，每人能獲得港幣一元正。」

一陣漫長的死寂籠罩着整個會議室。

還是三女兒率先發難：「什麼？五元？我媽只留下了五元？這怎麼可能！你們這羣無良律師把我媽的錢弄到哪裏去了！」

大兒子更是拍桌而起：「我反對！這遺囑無效！快把老媽的錢還回來！」

二女兒連聲和應：「對呀！要是你們不把錢拿出來，我們便報警控告你們詐騙！」

見習律師一臉無助地望向梁公子，梁公子倒是嘴角帶笑地欣賞了好一會三人的猴戲，才語帶嘲諷地說：「要報警嗎？請隨便。這份遺囑由本人梁迪偉律師親自草擬，遺囑上有林勞美珍女士的親筆簽名，並有兩名見習律師作見證人；還有精神科醫生的『精神能力評估報告』，證明勞女士當日的精神狀況為清醒並適合訂立遺囑……我倒想看看，有哪個警察會受理你們的報案？」

三人的情緒陡地變得更加激動：「那我媽的錢到底去哪了？」

這時潔兒突然開腔：「勞婆婆本來就沒多少錢剩下，她生前已經把所有錢預付給殯儀館用作購買棺木及舉辦喪禮的費用。」

「什麼？那我媽哪來的錢住六萬元一個月的癌症中心？」

潔兒平靜地回答：「那是由『雅妍慈善基金』提供的全額資助。」

「不可能！這不可能！如果老媽真的這麼窮，那她哪有錢付你們律師費？」

梁公子側着頭望向大兒子：「我們這兒都是一百元全包立遺囑的啊——你沒跟西灣河

的街坊打聽過嗎？」

三名子女聞言氣得臉上一陣青一陣白，大兒子的妻子和三女兒的丈夫嘗試安撫另一半的情緒，而三個孫兒則不知所措地看着父母。

此時潔兒徐徐從她的背包裏拿出三本郵票簿：「這是勞婆婆生前以『徹底饋贈』的方式送給我的郵票簿，她希望我可以把這三本郵票簿轉贈給三個孫兒。來，你們一人挑一本吧！」

三個孫兒聞言立刻爭先恐後的衝到潔兒跟前，開始你爭我奪。

「這本有很多可愛的熊貓！我要這本！」

「熊貓是我的！你要那本有很多花花的吧！」

「我才不要花花！我要熊貓！快給我！」

在三個孫兒拚命的搶奪下，郵票簿終於應聲撕裂，殘頁散落一地。

「嗚嗚！郵票簿破了！嗚嗚嗚！」

「是你不好！你不跟我搶就沒事了！嗚嗚嗚……」

大兒子和二女兒都趕緊上前安慰崩潰大哭的孩子，唯獨三女兒看着散落地上狼藉一片的郵票簿殘頁，若有所思。

「怎麼了？」三女兒的丈夫問。

「撕開三份……扯開三份……砍開三份！」三女兒直接撲到大兒子身上抓着他的衣服，「把房子賣掉分錢！我們三人一人分一份！」

「你做夢！」

大兒子奮力推開三女兒，可是二女兒又加入戰團，三人扭打成一片，場面非常混亂。

這時梁公子冷靜地吩咐見習律師：「你在發什麼呆？出去把保安叫進來，如果他們打架時摔破了我的乾隆粉彩花瓶，你明天就不用來上班了。」

在高大威猛、孔武有力的保安員們合力把三家人一起轟出律師行後，作為「受益人」之一的卓元終於開腔：「上樑不正下樑歪，父母言傳身教，把孩子也養成了一副好勇鬥狠的模樣，真可憐……」

潔兒拍了拍卓元的手背：「幸好勞婆婆已經安然長逝，看不見剛才這一幕了。」

卓元歎氣：「對，可是我沒料到勞婆婆會這麼狠，連自己的子女也只留下一元的遺產。」

潔兒搖搖頭：「這不是狠，這是失望透頂。」

梁公子嘴角上揚：「當初我幫勞婆婆草擬遺囑的時候，她雖然對子女的態度感到心寒，但是總覺得不能不留點什麼給他們，於是我便向她建議每個子女都留『一元』的遺產作為最後的心意，她立刻就同意了。」

順帶一提，也是梁公子向勞婆婆建議留「一元」的遺產給莫卓元，好讓他能以「受益人」的身分出席會議，見證勞婆婆子女得知真相後失控崩潰的一幕。

「但是，縱使對子女再失望，勞婆婆人生最後的願望仍是跟家人一起度過餘下的時光。」卓元看着散落在地上的郵票一臉悵然，「幸好計劃進行得很順利，勞婆婆臨終前能得償所願，也不枉我們花了這麼多心思去幫她。」

梁公子聞言又開始抱怨：「你還說？臭小子，認識你就是沒好事！這次連我爸的車和司機都用上了還是收一百元，真是虧了大本！不過多虧你竟然想到營造出『婆婆還很有錢』的假象，讓那三個人心甘情願地照看她最後一程……」

沒錯，卓元正是從之前那個「在死後也能透過遺囑去操縱人心」的個案裏獲得靈感，想到可以利用三名子女對遺產的貪念引他們上釣，於是他首先找「雅妍慈善基金」全額資助癌症中心的寧養費用；然後讓霍潔兒向三名子女瘋狂暗示勞婆婆還有隱藏的財產；並跟梁公子合作做了一場立遺囑的戲，來營造出「婆婆還有很多錢」的假象——結果不出卓元所料，三人為了爭奪更多的遺產而對婆婆曲意逢迎，而婆婆也求仁得仁能在最後的日子安享天倫之樂。

卓元沒理會梁公子的嘟嘟囔囔，自顧自的站起來伸了個懶腰：「好不容易總算曲終人散了，不如一起去吃個晚飯？」

梁公子頓時停下了抱怨，眼光飄到潔兒身上：「我就不去了，我可不想做『電燈膽』……」

潔兒沒好氣的瞪了梁公子一眼，然後向卓元嫣然一笑，爽快地答應：「好！一起去吃飯吧！」

此時梁公子拿起了電話：「要我幫忙在文華東方訂位嗎？」

終章——我願意

「嗯？你剛剛在說什麼？」

這時卓元發揮了大律師的本色，不着痕跡地修改了最重要的字眼：「霍潔兒小姐，現在我向你提問……」

原本卓元真想帶潔兒到中環高級牛排屋吃晚飯的，可是潔兒婉拒了，反而提議到太安樓商場的中式餐廳吃小菜，結果他們一起坐電車回到了太安樓，這個兩人最初相識的地方。

整頓晚飯兩人都在閒話家常，刻意不去觸及敏感的感情話題，直到卓元提起勞婆婆的案子。

「你知道勞婆婆這件事給我最大的啟發是什麼嗎？」卓元問潔兒。

「那個……別在生前把房子轉讓給子女？」

「不，這件事給我最大的啟發是，『家人』和『家』是兩個不同的概念。即使擁有再多的『家人』，如果彼此之間只剩下算計和赤裸裸的利益，那還能稱之為一個『家』嗎？」

潔兒頷首表示同意：「真正的家，應該有溫暖、支持，和愛。」

卓元苦笑：「以前我不懂，自以為不斷給予物質就是對家人好；現在回想起來，其實我不懂得如何去表達對家人的愛和關懷，活該離婚。」

潔兒饒有興味地看進卓元的眼睛：「那你現在懂愛了嗎？」

卓元露出了一個意味深長的笑容，沒有回答。

飯後，卓元邀請潔兒到B房一趟，說有些東西想給她看看。

潔兒聽罷，愕然地問：「一年的死約已過，我還以為你已經把劏房退租了呢？」

卓元笑着搖搖頭：「我有別的計劃，你到B房一趟看看便會明白了。」

於是潔兒隨着卓元走進了B房，赫然發現牆壁上貼滿了香港各處的地圖，卓元還用紅筆及便利貼在地圖上標注出路線和景點。

「這些是……什麼？」

「這些全都是我沒有去過的地方。」

卓元隨手指着牆上的一張地圖，解釋道：「以前我老是忙於工作，前妻又只喜歡去歐洲旅行和買名牌，所以我一直都沒機會好好去欣賞香港本地的景色。在劏房生活的這段日子使我見識了各種各樣的人和事物，既讓我大開眼界，也喚起我唸法律的初心——因此我決定了，以後每個星期一都去探索一處我從沒到過的地方，了解香港更多不同的面貌——潔兒，你願意跟我一起去嗎？」

潔兒正把頭湊近地圖細看着，冷不防突然被卓元問了個意料之外的問題，一時反應不過來：「嗯？你剛剛在說什麼？」

這時卓元發揮了大律師的本色，不着痕跡地修改了最重要的字眼：「霍潔兒小姐，現在我向你提問：你願意跟我在一起嗎？」

潔兒先是睜大了眼睛看着一本正經的卓元，一雙大眼睛眨了又眨，好不容易終於想明白卓元的真正意思後，微醺的紅暈瞬即爬上了她的兩頰。

她慢慢走近卓元，略帶羞赧地牽起了他的手。

「我願意！」

卓元微微一笑，雙手一拉，把潔兒緊緊擁進懷中。